帰っておいで

Tomoko Tani

谷 朋子

文芸社

帰っておいで　目次

安曇野へ

直《なお》が、小学校最後の夏休みを、信州のおばあちゃんのところで過ごすことになったのは、本当に突然だった。と言うのも、母さんの入院がそのきっかけとなったからだ。梅雨時から体調をくずしていた母さんが、夏風邪をこじらせて肺炎になってしまったのだ。とにかく医者嫌いで丈夫な母さんのことだから、だるいとか、熱っぽいとか言っても、軽く考えていたのだと思う。それが良くなかったのだ。こんなになるまでほっといてと、父さんは医者からこっぴどく叱られたらしい。入院は三週間あまり。留守中は、父さんと協力して乗りきるしかないな、と直は考えていた。

ところが、母さんが入院して三日目の夕方、病室で父さんがきりだした。

「直、信州のおばあちゃんとこへは、いつ行ったっきりだっけ?」

「小四の夏休みかな」

「そうか」

「たちまち二年もごぶさたねえ」

天井を見ながら、母さんがしんみりと言った。

信州は、母さんの故郷だから、母方のおばあちゃんってことになる。七十歳になった今も、安曇野《あずみの》の松川村というところで元気に一人暮しをしている。おじいちゃんは十年前に亡くなっていた。

「ねえ直、思いきって行ってみたらどうだろうか」

「行くって、ばあちゃんとこへ？」

「そう」

父さんはひどく真面目な顔つきで、直を見つめ返した。直は一瞬、なに言ってんの、こんな大事なときにと思った。父さんの気が知れないとさえ思ったのだ。

「ええ?!　だって母さんがこんなだし、それに父さんのご飯とかはどうするわけよ」

「食事は、会社の食堂で済ませてこられるし、洗濯も一応できるから心配はないよ」

「そうよ直。修ちゃんはマメな人だから大丈夫。それにさ、母さんだって点滴打っておとなしくしてればオッケー。たった三日間で熱も下がったしね」

母さんは父さんを修二《しゅうじ》とは呼ばずに「修ちゃん」と呼び、父さんは母さんを智恵《ちえ》と呼ばずに「ちーママ」と呼ぶ。二人の仲は良い方だと思う。

「ちーママのとこには、会社の帰りに寄るし、まあ、なんとかなるだろうからな」

「行っといでよ。ばあちゃんは、直が行ったらそりゃあ喜ぶと思うよ」

母さんは哀願するような目で、直を見つめた。

「本当は、今年は帰ろうかって修ちゃんと話してたのよ。でも、私がこんなになっちゃったでしょ」

「……」

「直は、ばあちゃんのとこ嫌い？」

「なんでよ。嫌いなわけないよ」

もしここで、自分がウンと言わなければ、母さんはきっと泣く。泣き虫なんだよ、ちーママは。だからなぜだかわからないけど、直はそうすることが一番いいいいいような気がしていた。

「行くときは、父さんが車で送ってく。どうだ、直？」

「いいよ、行っても。でも本当に平気かな。急に帰って来いって、言われてもそりゃあ無理だからね」

直は腕組みをして、ちょっと生意気に言ってみた。

まあいいかもしれない。胸の奥にくすぶっているゆううつも、飛んでゆくかもしれないし。

帰り道、父さんと『勝平』に寄ってラーメンを食べた。久しぶりにするラーメンは、すうっとお腹に入っていって、濃いめのしょうゆ味が妙に懐かしかった。

「母さん、ほっとしてたね」

直が言う。

「ウン、そうだろう。ちーママはね、直の小学校最後の夏休みを、家事いっさいを任《まか》せて、それだけで終わらせたくないって言うんだ」

「だって病気じゃしかたないよ。直はべつに平気だよ。料理だって嫌いじゃないし」

「ハハハッ。そうだよな。直の作ったみそ汁はなかなかだもんな。でも今年の夏は、一回きりだろ。父さん思うんだ。直にとって、信州へ行くことは正解だったって、きっと後になってわかると思う。こういうとき、ばあちゃんが一人暮しだから遠慮なく頼めるんだよ。ありがたいことにね」

そうなのか。父さんの実家の方がずっと近くてじいちゃんもばあちゃんもそろっているけど、六人暮しで、とても直がはいりこめるすきまなどなかった。

一人っ子の直は、物おじせずなんでもやるし、どこへでも一人で行く。一人っ子は、なんでも買ってもらえて、わがままも言えるしいいよね、と言われる。本当にそうだろうか。

直は家の中では、決してお姫様扱いされない。絶対買わないよ、と言われた物は、買ってもらえないし、おこづかいは月千円。一人で考えて一人で行動するしかないのだ。きょうだいがいない分、しんどいこともあるのだ。

父さんは言わなかったけど、直に信州行きを勧めたのには、もうひとつの理由があったのだと思う。

六年生に進級してすぐ、五月の連休過ぎのことだった。同級生のひとりが、交通事故で

亡くなったのだ。その子と直とは、五年生の時同じクラスで出席順が前と後ろだった。三枝《さえ》
枝直《ぐさ》、佐々木和美《ささきかずみ》というように。そんなわけで、いつもいっしょだったから大の仲良しだったのだ。

その日の夕方、和美は母親に頼まれた買物を済ませて自転車で帰る途中、ダンプにはねられたのだ。道路の反対側へ渡ろうとして、急に飛び出したという。夕暮れ時で、ダンプの運転手の前方不注意ということだったが、何人かの目撃者によれば、和美が自分から飛び出したようにも見えたというのだ。そのために、あるいは自殺なのではとささやかれてもいた。死ぬ理由など存在したのだろうか。わずか十二歳の心の中に。

直には和美と

「直」

「和っぺ」

と呼びあい過ごした日々の思い出がたくさんあった。小柄で、明るくてがんばり屋。人のいやがることも、進んでやる子だった。

「なぜ?」という問いが、直の心を満たした。これほど身近な人の死に直面したことも、何

もできずにただ棒のように立ちつくすだけだったことも、初めてのことであった。

お葬式の日、同級生みんなで花を手向《たむ》けた。和っぺの顔は、額に少しすり傷があるだけで、まるで眠っているようだった。呼びかければ起きてくれるような。だからこそ、「なぜ?」って、「ウソでしょ」って、みんなで泣いた。

信じたくなかった。人が必ず死んでゆく現実を、焼かれて白い骨となり四角い箱に砕《くだ》かれて入れられる現実を、見たくなんかなかった。認めたくなかった。これは夢なのか現実なのか……。うつうつとしたまま月日は過ぎた。

あの事故のあった日、直は偶然、昇降口で和っぺとぶつかりそうになった。下校時間も過ぎて、和っぺは急いでいた様子だった。

「ああ、久しぶり」

「元気だった? クラスが離れちゃったから、なかなか会えなくなっちゃったよね」

「本当。今度遊びにおいでよ。私しかいないから」

「ありがとう。私、行かなくちゃ。買物がたくさんあるんだ」

「大変だね。でも、和っぺはえらいよ。いつもがんばってて」

「えらくなんかないって。あたりまえのことだから。ねえ、直」

「うん？　どうしたの」

「ううん、なんでもない。いいんだ。ごめん、行くね」

そう言って、和っぺは風のように行ってしまった。そして、それきりあの笑顔に会うことはなくなった。なにを言いたかったのだろう。あのとき言いかけた言葉は、なんだったのだろう。和っぺはとても大事なことを、言えないまま死んでしまった気がするのだ。そのひっかかりは、小さくてするどい棘《とげ》のように、寝ても覚めても直を苦しめる。

友達の間では、いろいろなうわさ話がもちあがり話されていた。両親が昼も夜も働いていたこと、幼いきょうだいの世話は和っぺが全部していたこと。でも、どうでもいいことだ。直にしてみたらどうだっていい。それよりあのとき、なんで言ってあげなかったのだろう。

「そんなにたくさんの買物なら、直もいっしょに行ってあげるよ」

って、なぜいっしょに帰ってやらなかったのか。いっしょだったら、あるいは和っぺは死ななかったかもしれない。

何度後悔しても、もう和っぺはもどってこないから直は考えて考えて結局、疲れはててしまうのだった。そして、その度《たび》に直の心はズタズタに切り裂《さ》かれるような気がする。苦しくて、痛くて、切り裂かれた傷口からはぬるぬると血が流れ出すようだ。月日がたっても、傷口はふさがらず、直の心の奥底には、血と涙がたまり続けた。

思いきって、行ってみよう。もしかしたら、安曇野が、直を救い出してくれる場所になるかもしれない。そして、そこでひっそり暮らすばあちゃんに会うことが、直にとって今はいちばんのような気がしてくるのだった。

八月に入ってすぐ、直は父さんの運転する車でばあちゃんの暮らす信州・安曇野の松川村へとやって来た。朝早くに家を出たので、お昼過ぎには着くことができた。思ったより道路は混まなくて、順調だった、と父さんは言う。高速道路では三回ほど休憩した。走ってゆくうちに、車窓の風景が変わってゆく。

甲府を過ぎて、八ヶ岳連峰が見えてくると直は、わくわくした。サイロが並んで、牛たちが草を食べている。誰にもじゃまされない田園風景が続くのだ。空がいつもより何倍も青く澄んで、空気だって草と山の匂いがする。

「人間も自然の一部分で、動物と同じなんだから自然の中にいて、ああ気持ちがいいって思うのは当然」

これは父さんがよく言う言葉。そして、コンピューターや便利な物ばかりに囲まれて、それらに夢中になりすぎて、人間が自然の一部分だってことを忘れたとき、おかしな事件や危険なことが起こってくるのだと言う。父さんの話は、なんとなくあたっている気がする。だからというわけではないが、直は小さい頃から、山や川や海など自然の多い場所ならどこへでも連れて行かれた。遊園地やデパートに行くかわりに。そもそもちーママが、遊園地が大の苦手という人だから、余計にそうであった。

松川村に入ってしばらく走ると、ポツンと一軒離れた黒い屋根が見えてきた。ばあちゃんの家は、はてしなく続く田んぼの中にある。昔のつくりの家なので大きい。縁側《えんがわ》と呼ばれる南側についた広い廊下や、仏壇を置く仏間《ぶつま》という部屋などがあった。直の家のように二階はないけれど、一つひとつの部屋がどこも広くて、ばあちゃん一人じゃやっぱりさびしいかな、とも思う。庭も広くて、家の前には、胡瓜やトマト、トウモロコシなどの畑があった。

カンナやさるすべりの花が、家をぐるりととり囲んでいるのですぐわかる。ばあちゃんの家だ。

「父さん見えたよ、ホラ」

「そうか、よおし、もうすぐだ」

間もなくばあちゃんの家へ到着した。家の入り口には赤や黄色の花が咲き乱れ、稲穂の上を吹いてくる風にゆったりと揺れていた。

ばあちゃんは、玄関から小走りしてかけ出してきた。

「直、まあよく来たねえ」

きっと今か今かと、うろうろして待っていたんだと思う。ばあちゃんは、小柄でちょっとふっくらしている。ちーママが、なんであんなやせっぽちなのか不思議だ。ばあちゃんいわく、ちーママの食べ物の好き嫌いは天下一品だったとか。

ばあちゃんは、大きなエプロンをして、いつもの顔で笑っていた。

「こんにちは」

「ごぶさたしてます」

「こんにちは。待ってたよ。まあ、相変らず直はほんとに細っこいね」

直は、ちーママゆずりでやせっぽちだから、いつもこのひとことはおきまりだった。

「お昼ができてるから、さああがって」

やっぱり、途中で食べないで正解だっただろう？　直を見る父さんの目がそう言っていた。

茶の間には、お昼の用意がきれいにされていた。煮物の甘辛《から》い匂いが、鼻をくすぐる。この懐かしい匂いは、たしかにばあちゃんの匂いだ。テーブルの上には、天ぷらやいなり寿司、煮物の皿や糠《ぬか》漬けなど、ばあちゃんお得意の料理が並んでいた。

「直たちが来ると思ったら、ばあちゃん嬉しくていろいろ作り過ぎちゃったよ。いつもと同じような物ばかりだけどたんとおあがり。そうそう、修二さんはビールだね」

ばあちゃんはこまごまと立ち働いて、やっとどっこらしょと座ると冷えたビールを父さんに差し出した。

「遠い所まで、ほんとにお疲れでしたね」

ビールを注ぎながらばあちゃんは、ポツリと言った。その言葉の中には、ずっと一人で暮らしてきたさびしさが、じんわりとにじんでいた。直は真面目な顔つきのばあちゃんを、なぜかそっとみつめてしまった。

「智恵もだいぶ落ち着いて、この分なら退院まで三週間もかからないだろうって、先生もおっしゃるんですよ」

「そう、そりゃあよかった。まったく人騒がせなママだこと。ほら直、遠慮せんとおあがりよ」

ばあちゃんの作る〝おいなりさん〟は、甘じょっぱくてお酢の味とご飯のバランスが抜群だ。ちーママなんか、最近は買ってきた味つけ油あげに、サッサとご飯つめておしまい。手抜きもいいとこだ。やっぱり心をこめた手作りには、かなわないなと思う。それに、ばあちゃんの漬けた胡瓜の糠漬けは、父さんも直も大好きだ。なんたって年季が入ってんだから、ちーママとは比べるな、と父さんは言う。

「直のこと、どんどん使ってやって下さいよ。畑仕事でも、風呂焚きでも。なあ、直」

父さんは、ビールをおいしそうに飲みながらよくしゃべる。

「アハハ。こりゃあ大変だ、直。ばあちゃんは楽ができそうだけどな」

「大丈夫だよ、ばあちゃん。直ね、案外そういうのは好きなんだ。安心して、直におまかせください」

「嬉しいね、この子は。ほんとうに、嬉しいことだねえ」

ばあちゃんは、心底嬉しそうだった。

直は、五個目の〝おいなりさん〟を頬ばりながら、やっぱりここへ来てよかったと思った。


父さんは一晩だけ泊まって、次の日の昼前に帰って行った。

「ばあちゃんの言うこと、ちゃんと聞くんだぞ。ちーママの病気は、あんまり心配するな。直は、お手伝いをしっかりして、まあ、あとは適当に遊んでな。とにかく、いい夏休みにしろよ」

そんなことを言いながら、直の頭をするっとなでた。それよか、父さんの方こそさ、一人で大丈夫かって……直はちょっと心配だった。いつになく父さんが、頼りなさそうな目をして帰って行ったから。もし、この場にちーママがいたら〝男の人って案外さみしがり屋なのよね〟って、きっとつぶやいたにちがいない。

父さんが帰ってしまうと、なぜか心の中がポカンとした。そしてわが家が、ひどく遠くに思えた。

たった三人しかいない家族なのに、それぞれが違う場所にいる。直は信州に、父さんは横浜のわが家に、ちーママは病院に。直は生まれて初めての経験に、少しだけとまどいを感じる。家族は、いつもいっしょに暮らすのがごくあたりまえのこととして過ごしてきたから。そして、それってやっぱり、一番大切なことだとも思うから。でも、こうした経験が、平凡で普通に流れてゆく出来事を、一層輝かせたり、かけがえのない物（母さんがよく言う言葉）として認識させてくれるのかもしれない。でも、これってやっぱりホームシック?!　いやだな、直ったら。

直は自分の頬をつねってみた。

ばあちゃんの朝は早い。直が七時前に起きだしたとき、ばあちゃんは前の畑にいた。朝のうちに、胡瓜やトマトや茄子《なす》をもぐ。きちんと穫《と》ってやらないと、どんどん育ちすぎてしまうのだそうだ。竹で編んだ籠《かご》の中に、もぎたての野菜を入れて外の井戸で洗う。ばあちゃんの家は井戸水が出るのだ。でも、手で押すポンプは大変なので、電気で水を汲みあげて、ちゃんと水道のようになっている。井戸の水は、夏はひんやり冷たくて、冬は手にやさしく暖かいのだそうだ。それに、井戸水で冷した西瓜《すいか》やトマトは、冷蔵庫で冷したものとは、ちょっとばかりおいしさが違うのだ。不思議だ。

ばあちゃんは、穫れたての野菜を井戸水で洗うところだった。

「ばあちゃん」

「ああ直、おはよう。よく眠れたか」

「おはよう。うん、ぐっすりだった」

「そうか、そりゃあよかったよ。じゃあ着がえて顔洗っておいで」

「はあーい」

顔を洗い、歯をみがき、短パンとTシャツに着がえた。蒲団はさっとたたんだ。寝たら寝っぱなしは、よそではしないこと――こう言うちーママの声が聞こえたような気がしたから。いくらばあちゃんのところとはいえ、自分のことは自分でしないと、やっぱりかっこつかない。

さて、その日も晴れて暑くなりそうだった。台所へ行くと、ばあちゃんが先ほどの野菜を刻んでいた。

「なにか手伝おうか」

「じゃあ、お茶碗やらを並べておくれ」

「はあーい」

ばあちゃんは、つやつやした茄子を刻んでいた。直は、テーブルのあっちとこっちにお茶碗と箸《はし》を並べながら、あれはみそ汁の実だなと思った。茄子のみそ汁は、直の好物だった。

直の家では、朝食はパン食だ。父さんがパン党なのだ。でも直は、どちらかと言ったら、炊きたてご飯の方がいいなと思っている。ちーママときたら、いつだって父さん優先なんだから、あきれてしまうよ。

朝ご飯の準備が整ってから、ばあちゃんは仏壇のある部屋へと直を呼んだ。

「朝は一日の始まり。ちゃんと仏様にお守りくださいってお願いするんだよ。直もばあちゃんといっしょにやろう」

そう言いながら、お茶とお水、炊きたてのご飯をあげた。線香に火をつけ、チリンと鈴《りん》を鳴らして手を合わせた。亡くなったおじいちゃんの写真が、なんだかまぶしく見えたのは気のせいだろうか。朝ご飯の前に、少しだけ心を落ち着かせて、静かに手を合わせるのもいいかもしれない。

「御先祖様がちゃあんと、直のこと守ってくれるからな。安心じゃ」

ばあちゃんは、深々とおじぎをしながらそう言った。

さて、その日の朝ご飯のメニューは……。塩ざけ、納豆に、甘い玉子焼き、胡瓜と茄子の糠漬け、ちりめんじゃこ入り大根おろし、穫れたてトマト、ばあちゃんの煮た五目豆、茄子とみょうがのみそ汁。どれもこれもおいしそうだった。

「いただきまぁーす」

「さあさ、たんとおあがりよ」

ばあちゃんは、光って立っているお米のご飯をよそってくれた。お客様用のお茶碗なんかじゃない、直専用の物。大人用よりもひとまわり小さな花模様のついたご飯茶碗。本当にたまにしか来ないのに、ばあちゃんはちゃんと、それぞれ専用の物を用意しておいてくれるのだ。お客様じゃない、家族だよっ、ていうふうにね。やさしいんだよね、やっぱり。

「直は、智恵と違って、好き嫌い言わずになんでも食べるんだね。えらいえらい」

「ばあちゃんの作るご飯が、おいしいんだもの。でも、嫌いな物ってあんまりないかな」

「ほらごらん。直はえらいよ。お前の母さんは、まったくひどかった。食べられる物なんて、いくつもなかったよ、ほんとに」

直は、この話はいつも聞かされているから、ウンウンとうなずいておいた。ようするに、ちーママはわがままだったのさ。でも、そういう昔のちーママのことを、ばあちゃんが話してくれるのは、決して嫌いではない。なぜなら、ちーママにも直と同じような子どものときがあったのだということで、ほんわかとして懐かしい気持ちにさせられるからだ。

「ばあちゃんは、いっつも朝からこんなにいろいろ食べるの」

「まあな、だいたいな。でもやっぱり一人より二人で食べる方が、ずっとおいしい。直が来てくれてよかったよ。さあさ、おかわりして」

直は、三杯目のおかわりを出しながら、うまくいけば少しは太って帰れるかも、など考えていた。直はなんでもおいしく食べるのに、太れないでいる。これは直の悩みでもあるのだ。友達はなんとぜいたくな悩みだ、と言うけれど、あんまりやせっぽちでも格好がつかない。でも、ばあちゃんのおかげで、ちょっとばかりふっくらと、女の子らしくなれるかもしれない。直は内心、ひそかに期待しはじめていた。

亮介叔父さん

母さんには、四つ年下の亮介《りょうすけ》という弟がいる。直にとっては、大好きな叔父《おじ》さんだ。直がこちらへ来るとき、母さんが言っていた。

「亮ちゃんに電話しておくからね。直、いろんなとこに遊びに連れてってもらいなさいよ。亮ちゃんは直のファンだから、多少のわがままは大丈夫」

そうなのだ。直は亮介叔父さんとはたまにしか会えないのに、なぜかとても気が合う。いっしょにいると、心から素直になれるのはなぜだろうか。叔父さんはちーママとは似ていない。背が高くて、がっちりしている。とても頼もしいのだ。直が小さい頃は、肩に軽々とのせられて、ターザンみたいだった。亮介叔父さんが直に会って最初にするのは、その大きな掌《てのひら》でぐりぐりって頭をなでることだ。

「どうだ、元気だったか」

っていう具合に。

笑うと右頬に小さなエクボができて、涼しげなやさしい目をする。だからかもしれないな。叔父さんの前に行くと、そのまんまの直になれるのは。

今回の信州行きをすんなりオーケーしたのは、叔父さんに会えるのも楽しみだったからだ。亮介叔父さんは、穂高町に一人で住んでいる。大きな家があるのになぜ、わざわざ一人暮しをしているのか。それは、カメラの仕事をしているので、生活が不規則だからだと言う。穂高の家は、以前ばあちゃんの親戚の人が住んでいた家で、引っ越して空家になったのを譲りうけたらしい。今のところ、亮介叔父さんは独身。いずれ叔父さんも、結婚したら松川の実家へ帰ってくるのだそうだ。

直が松川へ来て五日目の晩のこと。その亮介叔父さんがやって来た。直は内心ずっと待っていたから、すごく嬉しかった。

夕暮れの余韻の残る薄紫色の庭先へ、一台の古ぼけたジープが入って来た。亮介叔父さんだった。直はむきかけのトマトをそのままにして、庭先へ駆け出した。

「おお、待ってたか。直」

車から降りながら、叔父さんはそう言った。無精ヒゲが伸びていて、日に焼けた亮介叔父さんが、ちびっこの直を笑いながら見下ろしていた。やっぱり右頬にエクボがへこんでいる。白のポロシャツにジーパンをはいて、手には大きな荷物を二つ持っていた。直がそばに駆け寄ったとたん、頭を〝ぐりぐり〟ってされた。

「なんだお前、六年生のくせして相変わらず細っぴいだな」

と言った。

「いいんだってば。今年はばあちゃんとこでがんがん食べて、太って帰るんだ」

「ハハハッ。そうか、それはいい」

ばあちゃんが玄関口で出迎えた。

「亮介か。お帰り」

「ただいま。仕事で沖縄へ行ってたんだ。直が来るって聞いてたから、早めに終わらせて帰って来た」

「まあ、そうかい。じゃあ何日かはいられるのか」

「三日間ぐらいはな。直の相手もしてやらないと。ちーママになにか言われそうだ」

「そりゃあ、いいこと」

ばあちゃんははずんだ声でそう言った。まるで、小学生の子どもを見るときみたいな目をして、叔父さんを見ながら。やっぱり親子なんだなあと、直は変なところで感心してしまった。

その晩の夕飯は、カレーライスだった。直はポテトサラダを作った。穫れたてのトマトと、ばあちゃんお手製の甘酢《あまず》らっきょう、トウモロコシの茹《ゆ》でたもの。その日は枝豆も穫ったので塩茹でにした。ばあちゃんの茹でた枝豆はそりゃあ、きれいな緑色で、固さもちょうどいい具合なんだ。そのためか、山盛りあった枝豆は、たちまち亮介叔父さんと直の胃袋に入ってしまうこととなった。

「直、カレーもしっかりと食べてよ。豆ばっかし先に食べてしまわんと」

「はあーい」

「けっこう、うるさいばあちゃんだろう。メシぐらい好きに食わせろって」

亮介叔父さんは、ビールを飲みながら赤い顔をしてそう言った。

「なんだろうね。わたしゃ、うるさくなんかないよ、ねえ直」

ばあちゃんの目が、笑いながらも叔父さんをにらみつけていた。

「母さんよりは、全然マシ。だって母さんは言いはじめると、すごいんだ。むかつくときもあるサ。もうほっといてって」

「へえー。一応は、母親の顔して説教したりするんだ」

「説教っていうか、何回も同じこと言うからね。一回言えばわかるのにサ」

「なるほどね。まあ、直しかいないから、それも仕方のない部分もあるな。〝ハイハイッ〟て返事しとけばいいんだよ。〝ハイ〟って言われて満足するところもあるんだろうから」

「ウン。最近は言わせとくから、あんまり気にならなくなった」

ああだ、こうだと母さんの話題が持ち上がって、亮介叔父さんはあきれたように言ってるけど、実は姉弟仲良しなのである。ばあちゃんの子だもの。どちらもやさしいんだ。

亮介叔父さんは、今はカメラマンだけど、以前は東京にあるコンピューターの会社に勤めていた。東京の有名な大学を出て、有名な会社に就職していたらしい。大学卒業してから十年間そこにいたのに突然、その会社を辞めてこの松川村へ帰って来たのだった。今から二年前のことだ。

その〝会社退職事件〟は、直の家でも話題になったからよく覚えている。

母さんは、ばあちゃんからの電話でそのことを知った。

「ええ?!」

と言ったまま、何秒か時間が止まったみたいな顔になった。

「亮ちゃんもよくわかんないわね。せっかくの一流企業を自分から辞めちゃうなんて。なにがあったんだろうね。ねえ修ちゃん、どう思う?」

「どうって、よっぽどのことだろうな。でもちーママ、責めるようなことは、絶対言うなよ。考えがあってのことだろうからな」

父さんの言葉どおり、母さんはうるさくわめかなかった。

直はいつも思うのだが、父さんの良いところは、相手の立場をきちんとわかってやろうとするところだと思う。人間にはそれぞれ、踏みこんではいけない「領域」ってものがある、と父さんは言う。夫婦でも、親子でも、兄弟でも。だのに時々、母さんはそれを破って直の領域へと侵入してくるのだ。おせっかいだったり、くどくどしかったり。

「なによ、生意気言っちゃってさ。親だから心配するんじゃないの」

うんざりしてしまうのだ。見守って欲しいとき、だまっていても、信じてくれている気持ちがじーんと伝わってくるとき、それがいちばんなのに。このことは、きちんと父さんから注意してもらいたいと思う。

直の領域について話すと、必ず絵を描《か》くことがはいってくる。直は、小さい頃から絵を描くのが大好きなのだ。夢中になると、ご飯もそっちのけになる。将来は、絵の職業につきたいと思っている。絵を描いているときは、すべてを忘れる。例の和っぺのことでさえ少しは薄らぐのだから、魔法の力だ。学校でくやしいことがあった日は、メチャクチャ絵を描くのだ。くやしくて涙が流れても、絵の中の犬や猫、牛や馬たちは、いつどんなときでも直の味方だった。たとえば、父さん母さんに言えない、もやもやとした正体のない思いだって、スケッチブックに向かえば晴れてくる。霧が晴れるように。その感覚は不思議だった。

以前父さんに、なぜ直は絵が好きなのかと聞かれたことがあった。理由なんて特別ない。好きだから。ただそれだけだ。心は真っすぐ描きたい物や風景をめざしてゆく。

父さんは言った。

「直、それは凄《すご》いことなんだよ。自分にとって、絵が心のささえになってるってことは。これから先も絵が心のささえになればいいなあ、と父さんは思う」

そうなのか、〝心のささえ〟だなんて、いい言葉だなあと思った。ただ、絵の仕事のためには、やはりそれなりの勉強をしなければならないと言う。だとすると、少しは成績のことも気にかけないとダメなようだ。

ちょっと話がそれてしまったが、結局、亮介叔父さんが、会社を辞めてしまった理由ははっきりしなかった。誰もどうのこうのと言う人はいなかったし、それに大の大人に説教だなんておかしいって、父さんは言った。叔父さんを信じていたんだね、きっと。

そして直は、この長い滞在中に、思いがけずにその理由を知ることになる。

亮介叔父さんは、体がでかいからカレーだって大皿に三杯も食べるんだ。直がちまちまと食べていると、やせっぽちなことをまた言われてしまった。どういうわけか、カレーってすぐお腹いっぱいになっちゃうんだ。辛かったからお水も飲み過ぎたけど、やっぱり原因は枝豆かもしれない。

夕飯のあと、叔父さんは二つの袋のひもを解《と》きはじめた。沖縄のお土産《みやげ》だった。

「めずらしいねえ。お前がこんなにお土産買ってくるなんて」

ばあちゃんが、お茶を飲みながら笑って言った。

「誰かさんのためですよぉ、ねえ直」

叔父さんは、直の顔をチラチラうかがいながらおかしそうに言う。そういうときの叔父さんって、子どもみたいにかわいい顔をする。袋からは、魔法がかかったような色とりどりのお菓子の箱がでてきた。

「いいところだぞ、沖縄は」

「やっぱし暑いの？」

「そりゃあ暑いよ。こっちの暑さとは、ちと違うな。でも海のきれいなことといったら、抜群だろうね。島の人たちもみんなやさしい。穏やかないい島だ。昔、戦争で痛めつけられた跡は、たくさん残っているけど、本当に美しい島だよ」

「へえー。行ってみたいよ直も」

「そうだな。今度いっしょに行くか」

直は、まだ見ぬ島のあれこれに、胸がはずんでいた。目の前に並んだお菓子の箱には、南国の島独得のハイビスカスの花や、鮮やかな色彩の絵が描かれていた。

沖縄で有名と言われる〝ちんすこう〟というお菓子。紅芋《いも》カステラに紅芋《いも》パイ。黒糖クッキーにパインのゼリー。

「甘そうなお菓子ばかりだねえ」

ばあちゃんは、ちょっとあきれていた。

「まだだよ、ホラ」

そう言って叔父さんが袋を開けてとり出したのは、大きなパイナップル。よく絵に描いてあるような、葉っぱのついたままの物だ。

「へえ、絵に描いてあるのと同じじゃん」

「ハハハッ。なんだ、変なとこで感心するなよ。もう少し熟した方がよさそうだ」

そのあとも、豚肉の煮た袋づめの物、ソーキそば、にがうりのお茶とか。それら一つひとつを見るたびに、直は〝へえー〟と感心していた。全部食べ物ばかりかと思っていたら、最後に紙袋が出てきた。

「直、これはお前への沖縄の記念品。ばあちゃんはこっち」

「ありがとう」

「悪いねえ。嬉しいよ、直といっしょにもらえるなんてね」

亮介叔父さんが買って来てくれた記念品とは、沖縄で有名な〝ミンサー織り〟という布で作ったポシェットとお財布だった。直にはちょっとハデめなポシェット。ばあちゃんは黄色っぽいお財布。直は思った。叔父さんはなかなかの人だって。子どものくせして、こんな言い方は生意気かもしれないが、すごくよく気がついて、暖かい人なんだぁとまたここで感心してしまった。

「気にいったか」

「ウン、とっても。ポシェット持ってなかったんだよ」

「そうか、よかった。そうだ直。明日は叔父さんとドライブ行こうか」

「ドライブ？」

「ああ、お前絵が好きだろ。美術館めぐりってのどうだ？　信州には、回りきれないほどたくさんの美術館があるからな」

「行く行く、行くよ。楽しみだなあ。そうそう、ついでにおいしいお昼もね」

「こいつ、調子いいなあ。まったく」

「ばあちゃんは？」

「わたしゃいいよ。絵なんてわからないし、直、行っといで。亮介が休みのうちに、遊んでもらうといい」

　こうして直は、亮介叔父さんとデートする約束を、ばっちりとりつけたのである。こんなにわくわくする気分は久しぶりだと思った。大きな声では言えないが、ちーママの病気に感謝——なんて、バチがあたりそうだけど、ちらりとそんな気もした直であった。

絵たちとの出会い

次の日、約束どおり亮介叔父さんとドライブにでかけた。その日もよく晴れて暑かった。松川村には、〝いわさきちひろ〟という有名な人の美術館がある。その美術館には、直が四年生のとき家族三人で寄った。かわいらしい子どもの絵がほとんどで、淡くてきれいな色で描かれている。ちょうど、ホットミルクを両手でかかえこんだときのような絵だ。今回は、〝ちひろ美術館〟へは行かなかった。叔父さんは、連れて歩くところはもうだいたい決めて来たらしかった。

「直は、穂高の駅は見たことあるか」

「ウン、ないよ。母さんと父さんは、ずっと前に行ったみたいだけど」

「そうか。それじゃあ、穂高方面へ行ってみるか」

「直はよくわからないから、全部おまかせコースだよ。ただし、お昼はうまい物ね」

「また言ってるな。お前は食《く》い気《け》専門か？」

叔父さんは、本当に楽しそうだった。直はいつも思うんだ。おもしろい話もしてくれるし、よく気がついてやさしいし、結婚して奥さんになる人は、きっと幸せだろうなって。

「昨日のポシェットは、さげてきたか」

「もちろん。ホラ、なかなかでしょ」

今日はせっかくのデートだから、Tシャツに白のキュロットスカートにしたのだ。ポシェットの鮮やかな色が、白のスカートに映《は》えてきれいだと思ったから。直だって女の子だもの。少しはおしゃれのことも考えるのだ。ポシェットの中には、少しはおこづかいも入れてきた。せっかくだから、信州の記念に友達にお土産も買いたかった。

ジープは多少ポンコツだけど、田園風景の中を、風をきって走るのには最適だった。鼻歌まで出てきそうだ。

穂高の駅には、車が止められないので、そばの穂高神社に置いた。うっそうとした木立ちの奥に、大きなお社《やしろ》があった。木立の陰は、ひんやりとしていて、みんみん蝉がせわしなく鳴いていた。直は、神社へ来るたびに、背筋がすっと伸びる気がする。おさい銭を入れて、神様に手を合わせ、願いごとをしているときの姿って、どんな人でも妙にやさしく見えてくるから不思議だ。

今回は、叔父さんと二人してお参りした。直は、もちろん母さんが早く全快するようにお願いした。叔父さんは、長いこと手を合わせていたけど、いったいどんなことをお願いしたのだろうか。お守りのお札《ふだ》や、飾り物、おみくじなどを若い巫女《みこ》さんたちが売っていた。かなり大きなお社なのだが、新しいお社がもうひとつ建てられはじめていた。神社の中を少し散歩して通り抜けると、小さな資料館があった。その資料館の向こう側の道路を直進すると、穂高駅に出るという。

「歩くか」

叔父さんが言った。

「いいよ」

暑かったけど、二人してポクポクと歩いた。歩道をずっと行くと穂高駅にぶつかる。駅のそばには貸し出し自転車などがあって、ぐるりと駅の周りをサイクリングできるようになっていた。のんびりしている。駅も大きな駅を想像していたのだが、それは小さな駅だった。ちょっと気が抜けた感じもした。だが、登山客や、土地のお年寄りたちがのんびりと電車を待っている光景は微笑《ほほえ》ましかった。

「小さいんだね」

直は言った。

「ああ、ローカル線ってとこだね。これがいいって言う人もいるんだよ」

駅のわきからは、遊歩道が線路づたいに続いている。やはりそこにも、向日葵《ひまわり》や秋桜《こすもす》、百日草などの花々が植えられていた。信州はどこを歩いても花が絶えないのだ。野の草花も人の手で植えられた花も、どれもこれもが夏の日ざしの中で、色鮮やかに天をめざしている。ときには、涼風をはらんで。

「ここをずっと行くと、美術館にぶつかる。碌山《ろくざん》美術館って言うんだ。行くか？」

「うん、行きたい」

直は〝碌山美術館〟はパンフレットで見ただけだった。つたがからまった外国風の建物で、穂高に来たらやっぱり寄らなくちゃあ、ってとこらしい。直たちのほかにも、パラパラと遊歩道を歩いていく人たちがいた。たぶん、同じ美術館行きだろう。

歩きながら、直はふと思った。横浜にいたら、今頃はなにをしていただろうか。朝の涼しいうちに宿題をして、友達に電話して遊ぶか、絵を描いているか、ゴロンと横になってマンガでも読むか。午後の三時過ぎには母さんの病院へ行って、その帰りには夕飯の買物をして……と、小学生と主婦の生活とがごちゃまぜって感じかもしれない。おそらく単純で、あたりまえな毎日。あまり考えなくても、進んでいくような毎日。驚いたり、わくわくしたり、またちょっとさみしかったり、涙ぐんだり……そんな想いをあまりしなくても、過ぎてゆくような毎日だったかもしれない。でも信州へ来て、今まで目に映っていなかった物がたくさんあることに、直ははっきりと気がついたのだ。見ていても見えなかった物、道の端で揺れている向日葵だって、じっくりながめたこともなかったから。あたりまえに見ていると、花の色も匂いも感じられないのかもしれない。それって、ずっと続くと哀しいことなんだね。

「なんだ、疲れたか」

直が黙っていたので、叔父さんが声をかけた。

「大丈夫。向日葵はこんなにきれいな花だったんだね」

遊歩道の反対側には、家々の軒先が伸びていた。それぞれの玄関先には、日々草の鉢植えや松葉ぼたんのプランターなどが置かれていた。また日よけ用のつたいたてにからまった青や紫の朝顔が、昼前の日ざしの中で少し、しおれていた。ゆっくりと、一つひとつ眺めながら歩いて行くと、みんな生きてるんだ、と感じた。この感覚はばあちゃんのところへ来て、朝、畑のトマトや胡瓜もぎを手伝ったときにも強烈に感じたものだった。どれもこれもみずみずしくて、自然そのままの味がした。形はいろいろだけど、それも個性かなって、ばあちゃんが言ってた。初めての発見が毎日あるのだから、今年の夏休みはやっぱり盛りだくさんだ。〝わあっ〟って叫びたくなる感情って、薄れていくと知らない間に心が死んでいくんだね。そして直は、和っぺを亡くしたあの日から、少しだけ心と体が死んでいたんだ。毎日の風景に、美しい色彩《いろどり》は感じられただろうか。五月の若葉のいきおいさえも、あのときは和っぺの思い出と重なってゆううつだった。

叔父さんと直は黙ったまま歩いた。黙っていても心は通じあっているような不思議な安心感に溢《あふ》れていた。二両編成の電車が、ゆったりと走り抜けていった。

〃碌山美術館〃は、教会風な建物だった。レンガ造りで、中世の頃のような古い感じがした。一番上にある風見鶏《かざみどり》が、みんなを見下ろしている。建物を取り囲むように、深々とした樹木があり涼やかな木陰を作り出している。ぐるりと一周すると新館と呼ばれる建物があり、ちょっとした土産物も売られていた。

この美術館は、穂高町出身の彫刻家〃荻原《おぎわら》碌山（守衛《もりえ》）〃という人の作品を、永久に保存しようとして建てられた物らしい。碌山は明治十二年に生まれて、四十三年に亡くなっている。

入口で叔父さんが二枚チケットを買ってくれた。パンフレットもいっしょに受け取り、中へ入った。

美術館の中は、あまり広くはなかった。小さくて、懐かしい匂いのする場所だった。初めて訪れた気がしないのは、いったいなぜだろうか。

直たちも含めて、五、六人のお客さんがいた。飾ってあるのは、さほど大きくない作品ばかりで、あとはガラスのケースに手紙や原稿、愛読していた本などが収められていた。また、使っていたペンや日用品も同じく並べられていたのだ。どれも赤茶けて古めかしかった。それだけに貴重な物なんだという気がした。叔父さんは、

「時代を感じさせるなあ」

と言った。

直が彫刻を観るのは、これで二度目だった。昨年、箱根にある〝彫刻の森〟へ行ったからだ。そのときとは、だいぶ様子が違っていた。

〝碌山美術館〟の中は本当に静かだった。誰もおしゃべりしない。話さなくても観ているだけでいい。それぞれの作品の懐かしさと静けさにくるまれて、時間のたつのを忘れそうだった。直が強く心をひかれた作品が、一つあった。女の人の像だ。中腰で座り、斜め上を見上げている。両手は後ろ側にまわし、考えごとをしているようだ。苦しそうな、悲しそうな、なにかを言いたいのだろうか。そんな種類の気持ちが伝わってくる。直はその作品の前で立ち止まってしまった。

ひととおり観終わって、外のベンチに腰をおろした。

「どうだった?」

「彫刻って難しそうな気がするね」

「そうだな、体力は必要だろうな。直はあの女の人の像、気に入ったみたいだったけど。どうしてまた」

「なんかねえ、動けなくなっちゃった。苦しそうな、つらそうな感じがした」

「うーん。苦しそうか。直みたいな子どもにもわかるのかな」

「どういうこと?」

「作品には、造った人のたましいが入ってるってことだよ」

「たましい?!」

「そう。心がそのまんま。悲しいとかさみしいとか、あるいは嬉しいとか、いろんな気持ちがこめられているんだ。造った人の心がそのまんまね。だから大変な長い時間をかけて、作品を完成させるんだろうな」

「ふーん。長生きできなかったのはそのためなの?」

「そうかもしれないな」

「このパンフレットには、〝血を一升《しょう》吐いて死んだ〟って書いてあるけど、本当のこと？」

「本当だろうね。結核だったんだよ。昔の人は、この病気になる人が多くてね。今で言えばがんと同じぐらい怖《こわ》い病気だった。いや、がんよりも怖かったかもしれないな。伝染病だからね」

「効く薬もなかったの？」

「そう。明治の頃はね、今ほど医学も進歩してなかったし、もちろん薬だってなかった。想像つかないだろ」

「かわいそうに。苦しかったんだろうね」

「そうだろうな。この人は、好きになってはいけない人を好きだったから、病気だけじゃなくて、もっと苦しかっただろうね」

叔父さんはそこまで話すと、ポケットから煙草を出して火をつけた。ちょっと煙たそうな顔をして。パンフレットには、髭《ひげ》をたくわえた、篠山の写真が載っていた。やさしい顔だが、どこかさびしげだと直は思った。

「好きになっちゃいけない人？」

「そう。この人はね、〝中村屋〟っていうパン屋の奥さんを好きだったのさ」

「直が動けなくなって観てた女の人の像があったろ。あれはその人を想ってつくったんだろうって。ひたすら想いをこめたんだよね。結局片想いで終わったにしても、こめられたものが観る人の心を打つのだと思うよ」

直は叔父さんの顔をまじまじと見てしまった。

「世の中にはね、想ってもどうにもならないこともあるんだよ。他人《ひと》の気持ちは、誰かがこう言ったからって動かせないときもある。それは直がさ、もう少し大人になったらよくわかると思うけど、自分の本当の心にはウソはつけないものなんだ。人間生きてる間は、ダメだとわかってても走ってしまうこともある。日なたと日陰があるだろう。人の心にもそれはあるのさ。このことは、直にはひどく難しいね。明るいときも落ちこむときもどっちもあるだろう。日なたの明るさばかりを好きになってはいけないよ」

朝、笑っていた叔父さんとは、まるで別人だった。話す言葉には少しだけ、悲しい匂いがした。仕事やほかのことで苦しくなったとき、叔父さんはこの碌山の作品たちに会いに来るのだと言う。何回訪れても、作品それぞれが暖かく迎えてくれると言う。叔父さんは心の中に、日陰になる〝なにか〟をかかえているのだろうか。直はちらっと不安になった。その〝なにか〟はまったく想像もつかないし、あるいは単に直の考え過ぎかもしれなかったのだが。

美術館を出ると、向かい側には民芸調の土産物店があった。買いたい物があったので、直は叔父さんに寄りたいことを告げた。

「ああ寄っといで。ここのベンチで待ってるから。直はゆっくり見といで」

直はこうして、土産物を落ち着いて選ぶことができた。友達にはもちろん買うのだが、実はばあちゃんに買ってあげたい物があったのだ。それがあるかどうかと探したら、あった、あった。まあ、どこにでもありそうだけど、藍染めでしっかりと作ってあったから、それにした。こちらへ来るときに、ちーママが奮発して五千円くれたのだ。めったにないことだった。それに、自分のこづかいも足して持ってきた。ばあちゃんへのプレゼントは、ちょっとばかり高かったけど、直は嬉しかった。プレゼント選びも、最近してなかったので自分で選べたことに満足していた。

友達には、藍染めのコースターを買った。いとこの恵《めぐみ》ちゃんにはハンカチ、保《やすし》くんには何色も色の出るボールペン（二人とも直よりずっと小さいので）。父さんと叔父さんには、道祖神《さえのかみ》の絵のついたキーホルダー。信州は、道祖神が多いことで有名らしい。穏《おだ》やかな顔をして、道の端や畑道にひっそりと立つ。どうも旅行の神様らしい。土産屋のおばちゃんが、いろいろと教えてくれたおかげで勉強になった。そしてちーママには、きれいな高山植物の絵葉書を買った。そんなこんなでお金は、あっけなくなくなってしまった。たった三十円しか残らなかった。自分の欲しい物は買えなくなったけど、でもいいさと直は思った。予定どおりに、みんなの分は買えたのだから。

ゆっくり選んでいたから叔父さんをだいぶ待たせてしまった。退屈して待っているかなと思って、走り寄ろうとしたとき、叔父さんはじっと考えこんでいるときの顔をしていた。少しおっかない顔。煙草を吸いながら、ぼんやりと遠くを見ていた。荻原碌山の顔写真に似て、どこかさびしげだったのを直はあとまでずっと忘れられないでいた。

「ごめん。遅くなっちゃった」

直が明るく呼びかけると、叔父さんははっとしてふり向いた。

「ああ、どうだ。いいのが買えたか」

そう言いながら、いつもの叔父さんにもどっていた。

「いろいろと迷っちゃって。時間かかっちゃったよ。だめだね、決断力に欠ける」

「へえ。これはまた難しい言葉だねえ。ちーママゆずりか？」

「ううん。こういうとこは父さんだね」

「ははは……。なるほどな」

直は内心、叔父さんの笑い声が聞けてよかったと思った。

その売店の前に、若い娘さんたちが数人かたまっていた。アイスクリームを売っていたからだ。それも〝わさびアイス〟。信州にはわさび田が多い。水がきれいだから、良いわさびができるのだそうだ。

「あれ、食《く》ってみるか？」

叔父さんが言った。

「ええ⁈　からそうだよ」

「まあな。ぴりっとくるけど、うまいぞ」

そもそも叔父さんにアイスクリームなんてミスマッチだと思うのだが、それがまた、甘い物好きであった。結局、二人分を買ってくれた。暑くてのどもかわいていたから、わさびアイスはなかなかおいしかった。食べたあと、ツンと鼻にくる。これがよいのだとか。信州に来てから、新しい発見がある。おいしい物もたくさん。またしても食いしん坊と言われそうだが、お昼に寄った穂高駅前のうどん屋さんも絶品だったのだ。

『平吉』のうどん、そばと言ったら、この辺では、おいしい麺どころで有名だという。直は麺類大好き人間。同じく叔父さんもそうだ。お店は田舎風の建物で、入口は時代劇にでてくるような、ガラガラと引きあける木の戸だった。入ってすぐの所に囲炉《いろ》裏《り》が作ってあり、東北の民家に似ていた。それを取り囲んで、素朴な木のテーブルと椅子が八組ほど置かれていた。店内はお昼時とあって、満員だった。カウンターがあいていたので、そこに腰かけた。

「いらっしゃいませ」

「さあ、どうぞいらっしゃい」

絣《かすり》のバンダナとエプロンをした、学生アルバイトふうの人たちが、お客さんたちに元気よく声をかけていた。店内にさりげなく置かれた大きな花瓶には、向日葵や紫苑《しおん》、ホタル袋に松虫草《まつむしそう》（花の名は叔父さんが教えてくれた）などが、どっさりと活けられていた。店の中央には、信州の山々を大胆に描いた、そりゃあ大きな油絵がどんと飾られていた。

「へえ、素敵なお店だね」

　直は言った。

「ああ、ここはよく来るんだよ」

「麺屋さんなのに、レストランみたい」

「おしゃれな和風レストラン。それも麺類だけの。直はそう言いたいんだろ」

「そうそう。そんな感じ」

だし汁の匂いと、天ぷらの芳《こう》ばしい匂いがたちこめている。その中を、笑顔のお姉さんたちがてきぱきと働いている。さっきは叔父さんがなんだか暗いムードだったけど、ここへ寄ってそれもいっぺんに消えた。

　信州といえば、そばだけれど、直はうどんの方が好きだった。

「暑いときには、温かい物を食うのがいちばん」

と言って、叔父さんは実だくさんの味噌煮こみうどんを注文した。そばは、この間食べたんだって。直は迷ったあげく、海老ののった天ぷらうどんにした。これがまた、もちもちとした麺の上に、大きな海老の天ぷらが二本も乗っかっていた。ぷりぷりとした海老は、ほんのり甘くて、衣は辛めのおつゆを少し吸って、絶品だった。直はひたすら無言で食べた。思わずため息ついたら、叔父さんに〝どうした?!〟って言われてしまった。

「あんまりおいしくて言葉がでない」

直はそう答えた。それは本当だったからね。

父さんとちーママには悪いが、信州へ来ておいしい物ばかり食べている。ちーママの料理に不満はないが、信州ではごちそうと呼ばれる物でなくても十分そう思えるのは、いったいなぜだろうか。それはたぶん、直の心と体に信州の風や日の光が入りこんできて、良くない粒子をこわしていくからなんだ。きれいに掃除してくれるように、今まで積っていたほこりがとんでいく。そして、どんどん感動する気持ちが生まれてくるんだと思う。

直が『平吉』のうどんにひどく感動していたら叔父さんいわく、

「安あがりなやつだなあ、直は。うどん一杯で感動しちゃうなんて……」

昼ご飯のあと、叔父さんは白馬村にある美術館へ行こうと言った。直は、まあ、おまかせコースだからよろしく、と言うしかないわけだ。白馬村へ行くには、もと来た道をもどり松川村を通り越す。大町も越えて行くのだと言う。

白馬村には九十八年に長野冬季オリンピックで、ジャンプ競技の舞台となったあの有名なジャンプ台がある。オリンピックのおかげで、道路はよく整備されたらしいが、その分のどかな自然がこわされたり、騒がしくなったりでいろいろあるのだと叔父さんは言った。それに、オリンピックが終わったとたん、必要なくなった物も多くて、土地の人にしてみれば良かったのか悪かったのかわからないらしい。表面だけを見てては、わからないもんさ、と叔父さんは話した。

話がまたしても難しくなってしまったが、白馬という名前は、直は大好きだ。この信州には本当にぴったりな地名だと思う。なぜなら、アルプスの山々からわき立ってきた入道雲のむこうから、一頭の白馬が駆けあがってきてもなんの不思議はない。雄大な自然の中に、うまい具合におさまってしまいそうだ。信州の山々は、私たちのお守りで神様だって、ちーママが自慢する。またかと思うけど、でもそれはあたってる。包みこむように、守るように山々たちが、直を見下ろしている。

白馬のジャンプ台にたどりつくまでに、三つの湖のそばを走った。手前が木崎湖、ほんとうに小さな中綱湖、そして青木湖と並ぶ。

さて問題の美術館の話をしよう。いや、それより先に……。一応はオリンピックのジャンプ台を見学しようかということで先に寄ったのだ。今は夏だけど、リフトとエレベーターを乗りついで、選手と同じスタート地点まで行ける。それも是非と、叔父さんが言ったのだ。ところがなんと行列ができていた。観光客がヘビみたいにグニャグニャと並んでいた。直は、下からで十分だと言った。あまり行列して待つのは好きではないし、やはり美術館へ行きたかったから、それほど残念ではなかった。

二人は、白馬のみそら野地区にある〝白馬美術館〟を訪れた。マルク・シャガールという人の作品が展示されている。色彩の魔術師と呼ばれて、人や馬が空を飛んでいる絵を描く人だ。ちーママは、この人の絵が好きで、横浜の家のリビングの壁にも飾ってある。

すらっと横に細長く、おしゃれなふんいきの美術館は、涼しげな林の中に建っていた。絵を観る前に、短いスライドでシャガールの人物像を紹介してもらった。九十七歳で亡くなるまで、多くの絵を描き活躍したそうだ。なにがあっても、絵を心のささえにしてきたというところには、直も心を動かされた。部屋を移動しながら、叔父さんと二人でゆっくりと絵を観はじめた。展示物はカラーリトグラフ(石版画)で小さい。〝気をつけ、右ならえ〟をするように、きちんと壁に並んでいた。大きなホールの向こう側には、グランドピアノが置かれていた。

「たまにコンサートなども行われるのかもしれないね」

と叔父さんが言った。

外は暑いけど、館の中は涼しくて快適だった。窓から見える木々がさやさやとゆれ、ガラス越しに影を形づくっていた。ガラス一枚で仕切られた別な時間と空間は、不思議と直の心と体をときほぐしてくれるのだった。

「直はなぜ、絵を観るのが好きなんだ?」

叔父さんが、なにげなく聞いた。

「小さい頃から、美術館や博物館にはよく連れて行かれたから。難しくて、わからなくても父さんやちーママは、おかまいなしだったしね。でももとから、直はさ、絵が好きだったんだよ。いろんな絵の前に立つと、〝よく来たね〟って、そう言われてる気がする。叔父さんはない⁈　そういうことって」
「わかるさ。叔父さんにもわかる、直の言ってる意味。それはね、対話できるってことだな。作品はずっと生きてるんだね。たぶん作品が造られたときから、それこそずっと」

〝白馬美術館〟のまわりには、別荘が多い。夏の休暇を楽しむ家族の姿が、あちこちに見られた。別荘の間には、おしゃれなペンションや土産物屋、レストランなども並んでいる。このみそら野の中に、もう一つ、美術館があると言うので行ってみることにした。それは〝白馬三枝《さえぐさ》美術館〟といった。入口には野の草花が咲きそろい、その向こう側に白い二階建ての建物があった。白壁に、草花の赤や黄色がはえて、住みなれたわが家へ入っていくような気がした。直たちが歩くと、木の床がキイキイと鳴った。昔の木造校舎のようだと叔父さんは言った。

ここには主に、地元出身の芸術家たちの、白馬岳と白馬村を描いた作品が展示されている。小さな喫茶店と、アンティークショップもあった。キイキイ鳴る階段を登って二階へ上ると、目の前にどんと白馬岳の油絵が飾られていた。若葉の頃を描いた絵だ。どこもかしこも緑一面、その中に男らしい白馬岳の峰々。少し残った雪の白さと、空の青さ、それに圧倒的なまぶしい緑。

「きれいだ」

直は思わずつぶやいた。いや数秒は黙ったままだった。あまりにきれいで、言葉がでてこない。

「直、ぐるっとひと回りして来よう」

叔父さんが言った。そう言ってくれなかったら、おそらく直は、ずっと立ったままだったと思う。〝うわっ〟と心になにか押しよせてくる感じというか、本当に感動すると、言葉なんかいらないのかもしれない。

六号から百号までの作品が展示されていた。それらはすべて油絵で、どれもみんな素敵だった。一枚一枚から、故郷白馬をとても大切に思っている心が伝わってきた。五月の頃の白馬、入道雲の白馬、紅葉に色どられた白馬、雪景色の白馬、そのどれもが本物の白馬なのだ。ちーママが、白馬や穂高の山々を、宝物と呼ぶのがあらためてわかる気がした。

一周すると、座って休めるように木のベンチが置かれていた。

「座るか」

叔父さんが腰かけた。

「どの絵もきれいだね」

「そうだね。なかなかだろ」

ここは禁煙だから、直はポシェットから飴を出して叔父さんに渡した。

「ああ、ありがとう」

二人してハッカの飴をなめながら、白馬岳の絵にかこまれて過ごす夏の午後を、直は心から幸福だと感じた。

「直も、今度ぜひアルプスの山々を描いてごらん。なんなら今年描いてみるといいよ」

「直も思ってたとこ。ばあちゃんの家から見える山」

「燕岳《つばくろだけ》、常念岳《じょうねんだけ》あたりかな。直の好きなように描けばいいよ」

ふとそこで、二人は黙った。美しい白馬岳の絵は、いつまで観ていても決して飽きることはなかった。信州の自然に全部をまかせきってしまえば、気持ちよさだけが残るんだよと、叔父さんは言っていた。それはやっぱり本当だと直は思った。

「よかった……」

直はつぶやいた。

叔父さんが不思議そうに直を見た。直は口の中で小さくなったハッカ飴を、カリンとかんだ。

「どうした？　そろそろホームシックか」

「ホームシック?!」

「横浜や修二パパが恋しいかってことさ」

「ううん、違う。信州へ来てよかったなあって思ってたんだ」

「そうか。叔父さんも同じだ。直とこんなにゆっくりデートできるとは、思ってなかったさ」

暗がりにちぢこまっていた今までの直が、毎日少しずつだけど元気になってゆくのだ。

「いろんな物を見て、いろんな人に会うことだ。そうすると、もっと感じる心が育つんだよ」

「感じる心……」

直は叔父さんの言葉を繰り返した。

しばらくこのままでいたかった。二階の大きな窓から、秋桜の花群《はなむら》が風にゆらめいているのが見えた。日ざしはまだ強くて、夏の長い昼さがりは、ぼんやりと歩みを止めていた。

朝市へ

美術館めぐりをして、遊びほうけて帰ってきたその晩、ちーママから電話がきた。

「どう、元気でやってる?」

母さんの声を聞くのは、久しぶりだった。

「もちろん。今日は叔父さんとデートしてきたんだ」

「へえ、どこまで?」

「白馬まで行った。美術館めぐりしたんだ。ねえ、それよか母さんはどう?」

「ウン。おかげでみちがえるほどよくなったよ。調子が悪かったのが、ウソみたい。でも退院まではもう少し……」

「そう、よかった。連絡もしないでごめん。直だけ好きにしてて。手紙でも書くよ」

「アハハ。いいのよ。直が元気で楽しくやってたら、母さんはそれで十分。修ちゃんも毎日来てくれてるしね」

「父さんもいいとこあるね」

「まあね、さびしいのよ。とは言ってもお互い様だけど。こんなふうに三人離ればなれのときはすごく大切に思えてくるよ、直のことも修ちゃんのこともね」

直は、じーんと胸にくるものがあって、少しだけ黙ってしまった。昼間は、自分の住む街を味気ないなどと思っていた。でも、生まれ育った横浜は直の故郷《ふるさと》だ。夏休みが終わったら直が帰って行く場所。ちーママと父さんとまた三人で、これから暮らしていく場所。

「どうしたのよ、直」

「ああ、ごめん。叔父さんがさ、写真をたくさん写してくれたから、帰ったら見せるね。楽しみにしてて」

「わかった。あっ直、修ちゃん来たみたいだから。じゃあ、ばあちゃんと亮介によろしくね。修ちゃぁん、ここだってば……」

母さんと呼ぶ間もなく、そこで電話は切れた。せっかくだから、父さんと替わってよ、と言いたかったのに。なにが〝父さんはさびしがり屋〟だよ。あの調子ではいちばんさびしいのは、ちーママ本人ではないのか。

その晩、直は手紙を書いた。

父さん、母さんへ

元気でやっていますか。母さんから、電話がきたので安心しました。母さんは、いつもの声にもどっていたし、心配なのは父さんの方かも?!

直は、とても元気です。こちらへ来てからは、早起きになりました。なぜなら、朝の野菜もぎを、ばあちゃんといっしょにするからです。直の大好きなトマトは、スーパーで買ったのとは大違い。直だけが、おいしいとれたての野菜を食べていて悪いなぁ。それも毎日だからね。

あと、直が毎日かかさずやらなければならない仕事がもう一つあるのです。朝、仏様に、お水やお茶、ご飯などをお供えする仕事。直がこちらにいる間は、必ず忘れずに実行すると約束したのです。仏様に手を合わせると、心が落ち着くのを知っていますか。ばあちゃんは〝心を整える〟と言います。

「習慣にしていくと、知らないうちに心がこもっていくんだよ」

とも言いました。ばあちゃんが教えてくれることは、とても自然な話なんだよね。

ところで、絵は好きなだけ描いています。描きたい物を、次から次へと。思うように描けなくても平気です。

「直の絵は、直にしか描けない絵だからな」

とばあちゃんに言われて、そっかーと思ったんだ。いつも見守ってくれているばあちゃんといっしょだから、あまりさびしくありません。

ところで、亮介叔父さんとは、仲良く楽しくやっています。今日も白馬までドライブして、美術館にも寄って、それに母さん、『平吉』の天ぷらうどんを食べたよ。すごーくおいしかったよ。感動ものだった。

そんなわけで、直は好き勝手にやっています。今までの夏休みの中で、いちばん思い出に残りそうな夏休みです。こちらへ来る前にきっといいよと勧めてくれた父さんと母さんに感謝しています。やっぱ、言うとおりだった。横浜もいいけど、信州は母さんの生まれたとこだし、小さい頃の母さんの思い出がそこらじゅうにちらばっている。子どもの頃の話、よく聞いています。それを聞くのも楽しいんだ。

明日は、ばあちゃんといっしょに農協の朝市へ行きます。もぎたて野菜や花を、安く売るのだそうです。ここから車で二十分のとこに、農協の広場があるんだって。朝七時に近所のおっちゃんが迎えに来てくれます。楽しそうだけど、少し心配。でも、ばあちゃんを助けて直はたくさん売るぞ。

そう言うわけで、今日はこれでおしまい。早く寝ないと、早起きできないからね。

明日は五時半起き。また手紙書きます。母さんも、調子に乗って看護婦さんに注意されないようにね。父さん、ご飯ちゃんと食べてる?! のびてないでね。

すっかり元気になった直より

翌朝、約束どおりばあちゃんと朝市へでかけた。近所の山口のおっちゃんが、朝七時に迎えに来てくれた。六十歳ぐらいの少しはげあがったおっちゃんで、とても元気がよかった。

「ああ、智恵ちゃんの娘さんかい。そうか、夏休みで来とるんか。へえーこんなかわいい娘《こ》がいるなんて、うたさん（ばあちゃんの名）しあわせもんじゃあ」

おっちゃんはニコニコしながら、首にかけた手ぬぐいで、自分の顔をスルリとふくと直を見た。人なつっこそうな、まるい目をしていた。

ばあちゃんの野菜は、数多くはなかった。朝もぎたての胡瓜、トマトに茄子、ピーマンなど、あとはお花の束が七つほどあった。きれいに洗われた野菜は、それぞれ五つずつビニール袋におさまっている。ばあちゃんと二人で入れたのだ。お盆が近いので、たぶんお花は売りきれるよ、とばあちゃんは言った。

山口のおっちゃんのライトバンに、みんなで荷物を乗せ、ばあちゃんは助手席、直は後ろの荷台へ乗った。

「しっかりつかまっとれよ。立ちあがるな」

おっちゃんは、ブウインブウインとエンジンをかけながら叫んだ。

「はあい、大丈夫です」

野菜と花束の中に、ペタリと座ると出発進行。風をきって、ライトバンが行く。鼻歌がでてきそうだ。相変らず暑いけど、風はさわやかだった。麦わら帽子を飛ばされないように、しっかりと手で押さえた。夏は暑いけど、自由な感じがしていいなあと直は思う。

朝市の会場に着くと、他の人たちはもう来ていた。ばあちゃんのお友達もみんな集まっていて、高校生みたいに、

「うたちゃーん」

と手を上げて呼んでいた。

「あれまあ、今日はかわいらしい子を連れて、いいことだよ」

「智恵の子だよ」

「直です。よろしくお願いします」

「まあ、よくあいさつもできて、えらいわなあ、うたちゃん」

「そう言えば、智恵ちゃんに似とるね。スマートでよ」

「何年生なの」

「六年生です」

「じゃあ小学校最後の夏休みか」

ばあちゃんたちは珍しがって、あれこれと質問してきた。大きな麦わら帽子にエプロンをして、元気がよかった。ばあちゃんたちになると、みんななんであんなにゆったりとした感じになるのだろうか。それはいいことだと思う。安心できて、ふわっと寄りかかれば、ほんわか眠くなりそうな感じだ。

長いテントの張られた広場に、それぞれが思い思いに野菜を並べていく。朝のうちにぱぁっと売って、売りきれたらおしまいというわけだ。農協の広場の隣には、ガラス工房があって、そこの従業員や、立ち寄った観光客が買ってくれるらしい。

ばあちゃんは、どのくらい売れるかとか、売れ残ったらこまるとか、そんなことは考えんでいいよ、と言った。ここへ来るのは、みんなに会うためだし、たとえ少しでも買ってくれる人がいれば、その人にお礼が言える喜びのため。一人きりで暮らしている生活の中で、ちょっとだけ若がえる日だからと言った。

並べた野菜の前に、白い画用紙に〝どれでも百円。もぎたて野菜をどうぞ〟と書いた紙を置いた。野菜のカットも描いてある直の手づくりプライスカード。少しは、めだつかなと思って作ってみたが、並べてみると少々照れくさかった。

この日のお客さん第一号となったのは、やはり隣のガラス工房に勤めている人だった。みんな顔なじみだから、新顔の直には驚いた様子だった。「どこから来たの」からはじまって、またしても質問ぜめだ。

「お手伝いして、えらいんだね」

とも言われた。直は、ただ笑うしかなかった。

「この絵はお姉ちゃんが描いたの？」

「うまいもんだねえ。トマトなんて本物みたいだよ」

「この子は絵が好きで、一日中描いてるからね。なんでも描いちゃうんだよね」

「そう、器用なこと。うたちゃんも楽しみだぁね。将来は、やっぱし絵の先生か」

「アハハッ。どうだろうか。学校では賞をたくさんとってるらしいから」

「ばあちゃん!!」

直は、赤い顔をしてばあちゃんのエプロンをひっぱった。自慢しすぎだって思いつつ、変な感じだった。

そんな話をしながらもお花が売れたり、トマトの袋が減っていったりした。

「うたちゃん。直ちゃん連れとって、今日は商売繁盛やね」

ばあちゃんは大の仲良しの、たつ枝ばあちゃんにそう言われていた。

「ほんとに。ありがたいことじゃもんね」

とばあちゃんは言った。ばあちゃんの手助けになるのなら、なんでもしたいと直は思っていたから心から嬉しかった。喜んでもらえるなら、何度でも来るさと直は思った。

お店にお客さんとして行くことはあっても、お店の人として物を売る経験など、はじめてなのだ。普通はなかなかできるものではない。たとえば、売った品物が百円のトマトだったとしても、値段の安い高いではない。買ってもらえたとき、心からありがとうと言える大切さ。まったく知らない人とでも、品物をとおして、そのとき心が通じる気がする。母さんは前にこんなことを言っていた。

「物を売ったり買ったりすることに、喜びや感謝の気持ちがおまけとしてついてこなかったら、きっと味気ないね」

って。そして、コンビニやスーパーは便利だけど、あんまり好きじゃないわとも。その意味が、少しわかった気がする。そのことについて、なぜ？　なぜ？　って直がしつこく聞いたとき、母さんは言っていた。

「つまらないのよ。欲しい物だけカゴにいれて、レジでは言葉も交わさない。コミュニケーションが全然とれないのは嫌いなの。母さんが、市場までわざわざ歩いてさ、買物行くのはやさしい気持ちや、元気のおまけをもらいたいから。それに〝魚正《うおまさ》〟のおっちゃんはいつも安くしてくれるし……ね」

なるほど、あれはこういうことだったのか、とばあちゃんの手伝いをしながら直は納得したのであった。

お花は五束売れた。買われたお花は、その家の仏壇や玄関先に飾られるのだろうか。お客さんたちがいなくなって、ばあちゃんと二人で作ってきたおにぎりを食べた。みんなそれぞれに朝ご飯を持ってきているので、おかずの交換をした。お新香や、ゆでたトウモロコシ、南瓜の煮物などが、直の前を行ったり来たりした。冷えた麦茶が、乾いたのどを一直線に通過してゆく。たいした労働はしていないくせに、直は大人たちがよく言う言葉どおり、仕事のあとのメシはうまいのだ、と思った。胃袋が、クウと嬉しそうに鳴った。

蚊帳の船

松川村へ来て、十日あまりが過ぎた。毎日珍しいこと、わくわくすることの連続なので直にしてみたら〝あっと言う間〟だった。ばあちゃんにそう話したら、

「おてんとうさんといっしょに、暮らしているからだよ」

と言われた。

直は意味がよくわからなかったので、不思議な顔をしていたら、

「お日様が出たら起きて、沈んだら眠るってこと。庭の花や、野菜と同じじゃ、人間も」

と言った。

なるほど、自然といっしょに生活していると、余計なことは考えなくなるし、その反対に自分の好きなことには心から夢中になれる気がする。鏡の中の直の顔、ちっとばかしふっ

くらしたかもしれない。それに、頬は元気そうに赤らんで、むきだしの腕や足はほど良く小麦色に日焼けして健康そうだ。

　ところで、ばあちゃんとの生活の中で、直がとても驚いた物がある。それを見たときは、あんぐりと口があいたままだった。それは、夜寝るときに、蚊や虫よけに部屋の中につりさげる〝蚊帳《かや》〟という物だ。以前泊ったときにも、ばあちゃんの部屋にはあったのだろう。でもたった三日かそこらのお泊りで、遊ぶことに夢中だったからあまり記憶にないのだ。なんせ、父さんの休暇にあわせた、あわただしい里帰りといった感じだったから。今回は、直の希望で、ばあちゃんといっしょの部屋で寝たから、まさに実体験だった。

　お風呂も済ませて、歯みがきして部屋に入ったとき、それはもうすでにつってあった。四角の薄くて白い布で、包みこまれた中央に、お蒲団が二組敷《し》かれていた。

「ばあちゃん、これ?!」

　薄手の布だから、中がぼんやりすけて見えるのだ。

「ああ蚊帳か。直は中へ入るのはじめてか。蚊が入らんように麻の布で作ってある。ほら、こうして端っこを少し上げて中へ入る」

「わかった。こんなふうにだね」

言われたようにして中へ入ると、不思議な空間がそこにはあった。いや、横浜では絶対経験できない。オブラートにくるまれた空間、この布ごと空へ浮かんでいきそうな気がした。直はこれをひそかに〝蚊帳の船〟と名付けた。

電気を消して、ばあちゃんも中へと入ってきた。蚊帳の白さが、闇の中にとけこんでほの明るい。

「暑くはないか、直」

「うん。大丈夫だよ」

ばあちゃんが、横になりながらうちわで風を送ってくれている。

「智恵も亮介も、小さい頃はこの蚊帳の中で眠ったものじゃ。おもしろがって、出たり入ったり、中であばれて大騒ぎをした。死んだじいちゃんに、なんのために蚊帳つってんだって怒られたわさ。結局、何匹か迷いこんだ蚊に朝までぶんぶん悩まされたもんじゃ」

「へえ。この蚊帳にも、思い出があるんだね。ちーママたちの」

「ああ、懐しいねえ。今思うと、つい昨日のことのような気がする。けど直を見とったら、やっぱり昔じゃね」

ばあちゃんはぽつりと話した。

直は、ちーママの小さい頃のことは、絵に描けそうなほど想像がつく。しかし、亮介叔父さんは別だ。なぜなら、今の亮介叔父さんはでっかすぎて、ちょっとターザンみたいだから無理な話だった。

「昔はいろんなことがあった」

「いろんなこと⁈」

「そう。智恵や亮介が小学校一、二年の頃は貧乏だった。じいちゃんと二人して、そりゃあ、朝から晩まで働いた。田んぼがずっと広かったからな、必死だった。智恵が亮介の面倒みて、洗濯したり、ご飯のしたくなんかもやった」

「へえー、ちーママが。ちゃんとできたの？　ご飯づくりまでなんて」

「そりゃあ、小さいから失敗も多かったさ。姉ちゃんのくせして、しっかりせえってじいちゃんにどやされて、そんでも智恵は泣きながらよくやっとった」

「えらかったんだね」

「やらなきゃならないときは、誰だって必死でやるんだよ。代わりにやってくれる人がいると、甘えてしまうけどな」

「そうか。ちーママがね」

ちーママが、今でもよく泣くのは小さい頃に叱られてばかりいたためか。天然ボケと言われて、のん気な母さんのイメージしかなかったから、直はちょっとショックだった。ばあちゃんからこの話を聞かなければ、おそらくちーママは、直の心の中でずっと世界一シアワセな人のままだったと思う。でも違ったんだ。小さい頃の、少し悲しげで頼りなさそうなちーママを知ることはいやではない。だって、ずっと近づく気がするんだ。ちーママが、母さんの顔から、子どもの顔になって。

「どんな人にも子どもの頃があったんだよ」

「そうなんだけど、でもそのことは忘れてしまうね」

「本当だ。直の父さんだって」

「ウン、父さんの話は、向こうのばあちゃんから聞いたよ。負けず嫌いで、大きい奴にばかりむかっていったって。ポコポコにやられても、向かっていったって。ちょっと自慢してるみたいに、父さんも話したよ」

「修二さんがねえ。正義感が強かったんだね。きっと……」

「まあ、かっこよく言えばね。写真見せてもらったけど、くりくり坊頭で、本当にワンパクって感じだった」

そこで二人は、声をたてて少し笑った。実際に、そのとき、直はあの写真を思い出していた。白いランニングを着て、大きな半ズボン（兄ちゃんのおさがり）をはき、こちらをにらんで立っている写真を。それを横目で見て、〝フーン、あんまり今と変わってないじゃないのよ〟と、ちーママがひやかし半分に言ったのだ。そう言われたときの父さんの顔、写真と同じ目をしていたんだ。何回思い出しても笑えてくる。

「昔はね、今みたいに物がなかったけど、子どもたちはそりゃあ、みんな元気だったよ。大きい子も、小さい子もいっしょに遊んでな。親たちのお手伝いも、どこの家でもよくやった。どうだ、直たちは？」

「学年が違うとほとんど遊べない。それに高学年になると、勉強も忙しくなるからね」

「大変だ。だったら直は、こんなにのんびりばあちゃんとこへ来てて、大丈夫か」

「ハハッ。大丈夫だよ、ばあちゃん。宿題はちゃんとこっちでやってるから」

「そうか、それならいいが……」

ばあちゃんは案外心配性のところもあるのだ。

二人だけの夜は、そりゃあ、静かだった。でもいつもは、ばあちゃん一人だけなのだから、もっと沈みこんでいくように、夜の時間が音もなく過ぎてゆくのだろう。

「ばあちゃん、夜は一人でさびしくない？」

と直は聞いてみた。

「まあな、そういうときもあるさ。でも、もう慣れてしまったな。こうして毎日元気だもの。人間欲張りすぎちゃいけないのさ。不平不満ばかり探してたら、つまらんからな。それこそ、六十二歳で早々あの世へ逝《い》ったじいちゃんに、どやされそうだ」

それを聞いて直は、ばあちゃんはわざと明るくそう言ったのだろうと思った。余計な気を使わせないために。きっとそうだ。

「直さあ、ばあちゃんのとこへ、もっと早く来てればよかったな」

直は思わず言ってしまった。ここでばあちゃんは、なぜか黙った。直は、自分こそ余計なことを言ってしまったかと思った。なにげなく、ばあちゃんを見ると目がうるんでいた。

「なにを言うか。今年こんなにいっぱい直が泊ってくれて十分じゃ。なあ、直」

ばあちゃんは、かすれた声でそう言った。

（嬉しかったんだな、きっと）

直は思った。

「……」

「直はいい子じゃ。ゆっくりおやすみ」

直はムニャムニャ言いながら、眠りにおちていった。白い蚊帳の宇宙船で、銀河系を翔んでゆく夢をみた。蒼白く、まばゆい流星が長く尾をひいて、いくつもいくつも消えていった。

魂の帰る日

お盆が近づくと、忙しくなるよとばあちゃんは言ってたけど本当だった。そもそも、お盆がどういうものなのか直はよく知らない。夏休み中、お盆の帰省ラッシュで車が渋滞していたり、新幹線からはきだされる人の多さに驚いたり。そういうのがお盆なのかな、ぐらいしか知らない。しかもそれは、テレビのニュースからの情報だ。だが、日本の年中行事の中では、お正月の次ぐらいにお盆は大切なものらしい。なぜって、ばあちゃんがいそいそ動きだしているから。

御先祖様たちが、十三日に帰ってくると言うので朝からその準備だった。仏壇のある八畳間にゴザを敷き、精霊棚《しょうりょうだな》という棚にお供え物を飾る。そして、茄子と胡瓜の馬と牛を作ると聞いてびっくりしてしまった。以前にも見ているはずだけど、今回は教えてもらって直が挑戦した。畑でもいだ茄子と胡瓜に、わりばしで四本足をつけた。足の長さがうまく決まらず、バランスがとれない。ひどく足長の牛と馬になった。

「仏様たちが、これに乗って帰ってくるそうだから。まあ馬と牛はタクシーかな」

とばあちゃんは教えてくれた。普段は仏壇の中にある、お位牌《いはい》やローソク立て、香炉《こうろ》などもゴザの上に並べた。花瓶には、庭の花を切りとってたくさん飾った。花模様のついた水色の盆行燈《ぼんあんどん》も飾った。もぎたての西瓜や、ゆでたトウモロコシもお供えした。部屋の中にぽっかりとできた、御先祖様たちがにぎやかに過ごす場所、目には見えないけどみんながニコニコして、楽しくおしゃべりする場所。たった三日間だけ、過去の時間が、空から降りてくるのかもしれない、と直は思った。夕暮れに、迎え火を目印にして、時間の帯を越えて過去から走ってくる車、いや茄子と胡瓜の馬だったたっけ。こちらからは見えなくても、あちら側からは見えるんだろうって、ばあちゃんは言った。

ばあちゃんは直にも手伝わせて、いろいろ料理を作った。全部手作りだよ。そりゃあ、お迎えするんだから当然だってさ。

仏壇の部屋には、五枚の古びた額ぶちの写真が飾ってある。軍服を着た若い男の人が二人、あとは紋付姿の男の人と女の人、あとはかなり昔の時代のおばあさんの姿。

「あの人たちが、みんな御先祖様なの？」

「ああ、そうだよ。あれはおじいちゃんの父さんと母さん。おじいちゃんの兄さん二人は、戦争で死んだんじゃ。ここにはないけど、おじいちゃんには姉さんもいてな、小さい頃伝染病で死んだらしい。今と違って、昔はよく効く薬もなかったから、病気で死ぬ子も多かったんじゃ」

「大変だったんだね」

「そうな、直たちには想像もつかんだろうね。ばあちゃんもよく泣いた。おじいちゃんのお母さんに、よくこごとを言われてな」

「嫁とシュウトのなんとかって、あれ？」

「まあ難しい言葉を知っとるね。それだ。まあ四人の子ども産んで、たった一人しか残らんかったから、ちょっと神経やられてたそうだよ。気性《きしょう》の激しいお人じゃった。ああ、いけない。お姑《かあ》さんも帰ってくるね。ウタは、またワシの悪口言っとる、なんて叱られてしまうな……ハハハ」

お盆には、亡くなった人の多くの霊が帰ってくるという。霊などと言うと、怪談話やおばけのイメージにつながるけど、〝魂《たましい》〟というものだそうだ。人間の体の中に宿っていて、死んだ後もずっと残っているもの。そのたくさんの魂たちのために、みんなできれいな花やお供えを飾り、お料理もたっぷり作ってにぎやかにお迎えするのだと言う。

それなら、五月に逝った和っぺも帰ってくるのだろうか。もし帰ってくるのだとしたら、直はいちばんに会いたいと思った。それは、心の底からあふれてくる自然な感情だった。

お風呂に入り、夕飯も済んで蚊取り線香をくゆらせながら縁側で涼んでいた。親戚のお客様は十五日に来るらしいので、ばあちゃんと二人だった。縁側からはちょうど、ぽっかりと月が見える。直はあのことを聞きたかった。

「ばあちゃん」

「どうした、直」

「……おじいちゃんたち、帰って来てここにいるかな?」

「ああ、いるだろう。直が大きくなったから驚いているよ」

「覚えてるかな」

「もちろんだとも。今年はきっと、いいお盆じゃと思っとるよ。直がいろいろ手伝ってくれたからな」

「父さんと母さんがいないのは、ちょっと残念だけどね」

「その分直が、がんばったもの。嬉しがっとるさ」

「よかった」

直は、あのことをなかなか言いだせなかった。たぶん、それを言ってしまうと恥ずかしいほど大泣きをしてしまう気がしていたからだ。

「直はなんか話したいことあるのか?」

「どうして?」

「なんかそんな顔しとる。ばあちゃんでわかるなら、なんでも教えてやるからな。聞いとくれ。直とこうしていられるのもあと何日か。また父さんが迎えに来て、横浜へ帰ってく。離ればなれじゃ」

「そうだね」

それは本当にそうだった。こんな生活がずっと続くわけはない。パジャマに着がえた膝を抱いて、直はにわかに胸がキュンとした。その胸の奥から、悲しみともつかぬ痛みのような熱い感情があふれてきた。止めようとしても涙が後から後から、あふれてきた。急に泣きだした直を見て、ばあちゃんは驚いた様子だった。

「どうしたんだ、直」

「ばあちゃん、直はさ……どうしたらいいのかわからないんだ」

しゃくり上げる直の背中を、ばあちゃんはやさしくなでた。背をなでられながら、直は思うままに泣いていた。

「泣くといい。ばあちゃんにみんなあずけるといいよ。なあ直、さっぱりするまで泣くといい」

日ごとたまり続けていたゆううつと後悔、目の前をおおい続けているどーんと重たい霧、和っぺを思うと、恋しさと怒りに似たさびしさで、胸がきりきり痛んだ。

「直？」

「ばあちゃん、直には会いたい人がいるんだよ」

「会いたい人？」

「うん、同級生だった子。でももういない……」

「いないって……」

「うん、五月に交通事故で死んじゃった。だから、もういないよ」

ばあちゃんはそれを聞いて黙ってしまった。

だいぶ泣いた直は、すこし落ち着いて話し出した。

「五年生のときは、いっしょのクラスだったから、ずっと仲良しだった。がんばり屋だし、いつも元気だったからさ、悩みがあるなんて見えなかったんだね」

「悩みって？」

「友達は、みんな言ってた。自殺かもしれないって。ダンプの目の前に飛び出したみたいに見えたんだって」

「自殺って、小学生だろ」

「小学生だって悩みはあるんだ。和っぺのとこは家が複雑で、お父さんは二度目のお父さんだったらしいの。弟や妹が多いのは、そのためだって言ってた。和っぺが、たまに考えこんで沈んだ顔してたの、直はよく覚えてるよ」

「まあな、人にはいろんな事情があるもんだ。その子の家だけが特別じゃないさ」

「うん、そうかもしれない。でもね、直は一人っ子だから、きょうだいがたくさんいるのってうらやましいと思って、そう言ったら、ちっともうらやましいことじゃないよって、冷たく言われた。家族が多いのは、楽しそうな気がしたの。でも、なんかいけないこと言ったのかなあって思った。和っぺはさびしそうな顔してたから。あの日だって、事故のあった日ね、最後に直と会ったんだよ。きっと話したいことあったんだね。あんときいっしょに帰ってたら、和っぺは一人でなんか死ななかった。絶対死ななかった……」

直は再び言葉につまった。ばあちゃんは、深くため息をついた。

「お前のせいじゃないよ」

つぶやくように、ばあちゃんは言った。

「直は本当に、和っぺの友達でよかったのかな。友達だったら、なんとかできなかったのかな。ずっと思ってた。目が覚めてるときは、和っぺのことが離れないんだ。だけど、ばあちゃんとこへ来てからは、苦しい気持ちが少しずつ軽くなってきたと思う。もしさ、今年のお盆に和っぺが帰ってくるとしたら、会いたいよ」

「……」

「会って話したい。会って、和っぺに聞きたい。なぜ死んじゃったの？　って」

「直、直はなぜ知りたいんだ。その子があの世へ逝った理由を」

「なぜって……」

「知ったら気持ちが晴れるんか。いいや、なぜあんなことしたって、その子を責めるんか……」

「……」

「知らなくてもいい。その子が死んだわけなんぞ。知って責めてはいかんよ。人間はな、誰にだって苦しくて、逃げたくて死にたいときもあるもんさ。楽になりたいって思うのは、誰だってある。ずっと昔、ばあちゃんにだってあった。でも、智恵や亮介の寝顔見とったら、自分の弱さが恥ずかしくなってな。……直はその子から〝いのち〟をもらったんじゃよ」

「〝いのち〟をもらった？」

「そう。自分はつらくて逃げちゃうけど、直はいっしょうけんめい生きてってことさ。教えてくれたのさ。だもの、責めたらいかん。この世に帰りたくても、もうもどれない。あの世だからな。せつないけど、もどれん」

直はばあちゃんの言葉に、はっとした。今まで自分は、友達を失った悲しみだけにあたふたしていた。逝ってしまった和っぺに本当は、生きる意味を、いのちの尊さを教えてもらったなどと考えてもみなかったのだ。自分の心のことばかり考えて過ごしてきた。ばあちゃんに言われて、ふっとなにかが解けたのだ。

ばあちゃんは、直の髪をなでながら話した。

「それよりもなあ直、お前がしてやれるのは、その子がちゃんとあの世へゆけるように祈ってやることじゃ。目を閉じて胸の奥んとこで呼んでごらん。お盆じゃもの、きっと会いに来てくれる。そしたら言ってやるんだ。なんの心配もないから、安心してなって。あの世へ行っても、ずっとずっと友達じゃって、心から話してやることじゃ。直はどんなときも忘れんし、私のことも見守ってと言っておやり。それが直にできるいちばんの友情じゃ。

人間はな、誰もがみんな、たったひとり。代りの人はいないんじゃ。この世でたったたひとりの直、たったひとりの智恵、たったひとりの修二さん、たったひとりの亮介、それにたったひとりのばあちゃんなんじゃ。代りの人がいないから大切なんじゃよ。ばあちゃんは、決して直にはなれんし、直は母さんにはなれんじゃろ。だからお互いを、大切にしたいと思うのさ。直は直のままで、十分だからな。その子の分まで生きること、それが直にできるいちばんのことじゃ、なあ、直。どうだ、ちっとは楽になったか。ばあちゃん、こんなにたくさんしゃべったのはまあ何年ぶりかな」

ばあちゃんはそう言うと、やさしい目をして直をみつめた。

どんどん霧が晴れてく。ばあちゃんの言葉の重さが、直の心の霧を飛ばしていく。思いきり泣いたから、心は澄みきっていた。

「どれ、西瓜でも切ってこようか。直、食べるだろ?」

ばあちゃんはそう言って、台所へ立っていった。心はおだやかだった。〝たったひとりの自分〞。その言葉が、これから先の直をささえてくれる気がしていた。そして和っぺからもらった〝いのち〞も。

縫いたての浴衣

松川村の地区では、毎年八月十五日に恒例の盆踊り大会がある。都会から帰って来た人たちも、もちろん参加する。いつもは静かな村もその日だけは、にぎやかだという。最初は恥ずかしいから参加しない、と直は決めていた。知らない人ばかりだし、踊りもうまく踊れそうにないから、その晩は留守番と決めていた。

ところが、盆踊りの前の晩のことだ。

「直、ちょっと来てごらんよ」

茶の間でテレビを観ていた直を、ばあちゃんが呼んだ。

「なあーに」

呼ばれて床の間の部屋へ行くと、畳の上に紺色の浴衣が、ふんわりとひろげられていた。

「ばあちゃん、これ……」

「ああそう、直のだ。夜なべして縫ったからね。できはいまひとつだけど……どうだろうねえ」

直は見た瞬間に、心からきれいだと思った。深い茄子紺《なすこん》色の浴衣地に、鮮やかなピンクとブルーの朝顔が、形良く咲いているのだ。

「ほら、そんなとこにつっ立ってないで、おいでよ、直」

ばあちゃんが笑いながら言った。直は、ちょっとびっくりしちゃって、ボヤボヤしてたら、そっとはおらせてくれた。

「ああ、ちょうどええ。よかった。寸法が合うかどうか心配だったけど。うん、大丈夫。似合っとるよ」

本当だろうか。髪だってばっさりとセシールカットにしちゃってるし、日に焼けて色は黒くなっているし、直にしてみたら浴衣が似合うだなんて信じられない。

「ほんと?」

「ほんとだよ。隣の部屋の姿見で見てごらんよ」

鏡に映った自分は、少し大人びてすらりとして見えた。

「帯はね、昔のだけど智恵の使ったのがあるから、これでどうだろ」

ばあちゃんは、黄色の帯をあててみる。

「いいだろう、ホラ」

ばあちゃんが、鏡の中の直に笑いかけた。嬉しかった。髪は男の子のようだけど、かえってすっきり見えた。頬が赤らんで、自分ながらかわいいなどと思った。あつかましいかな。

直が眠ったあと、一針一針縫ってくれたのだ。蚊帳の中で、ふと目が覚めたとき、何度かばあちゃんの姿がないことがあった。そして、隣の部屋から、ぼんやりと薄あかりがもれていた晩があったっけ。そうだったんだ。ばあちゃんは、決しておしゃべりじゃないけど、ちゃんとわかってる。自分は大変な思いをしても、そのことで、みんなが嬉しそうにしてれば十分だって。喜んでもらえれば、それで自分も嬉しくなっちゃうんだって。それって、実はすごいことなんだね。なにかをしてあげるから、今度はなにかをしてちょうだいって、普通は言うよね。なにかをして、お金をもらえたり、有名になったり、自分にとって得と思えば助けるんだよね、人間って。でも、そうじゃない。ただ、自分がしたいからする、してあげたいからする。うまく言えないけど、たぶん心がこもっているって言うのは、こういうのを言うんだ、と直は思った。

わが家へ帰れば、浴衣は二枚持っている。ちーママとデパートで買った物。群青《ぐんじょう》色にあやめの柄と、くすんだ緑に蝶々《ちょうちょう》の柄。でもこの浴衣とは全然違う。なにが違うかって言ったら、こもってるものが違う。わくわくする気持ちが違うんだ。

「ありがとう。ばあちゃん」

こうして直は、夏恒例の盆踊り大会へばあちゃんと二人して行くこととなった。ピカピカの浴衣姿で行くのだ。ばあちゃんのすることは、やはり賢い。ぽよんとしているちーママとは、やはりどっか違うのだ。

忘れないで

盆踊りの晩、直はばあちゃんと連れだってでかけた。高く組まれたやぐらを二重にとり囲んで、大人も子どももごちゃ交ぜで踊る。提燈《ちょうちん》と、色とりどりの薄紙で作られた花が、やぐらのいたる所に飾られていた。そのうえ、自治会のボランティアの人たちが、焼き鳥や綿菓子、かき氷、金魚すくいなどの店を開いていたので、ちょっとした縁日だった。

横浜でも、町内会のお祭りが七月にあって、けっこう楽しい催し物をやってくれる。夜店もでるし、カラオケ大会もあってにぎやかなのだ。一応、夏の楽しみイベントの一つとなっている。でもやはり、松川の方がお祭り気分十分だ。花火が数発打ちあげられて、その度に人垣から〝わあー〟という歓声があがった。やぐらの上では、太鼓を叩いている。ちょっとかっこいいお兄さんが二人で。

ほとんど知らない人ばかりだが、朝市でいっしょだったばあちゃんたちとは、再びご対面だった。

「あれまあ、直ちゃん。今日は一段とかわいいこと」

「見ちがえてしまったよ、ほんとに」

ばあちゃんたちは、いつも元気だ。かわいらしく見えるのは、ばあちゃんの縫ってくれた浴衣のおかげだ。ばあちゃんたちだって、みんな浴衣を着ておめかししていた。うーん、いい感じだよ、似合ってて。

直の踊りは、他の人の踊りを見ながらなんとなく形になってきた。盆踊りって、何種類かの動作の繰り返しだから、覚えだすとわりと簡単なんだと思う。ばあちゃんは毎年踊っているので、なかなかだった。年をとっても、こんな風に元気なら言うことない。直が笑うと、ばあちゃんも笑った。里帰りして来た若者たちが、踊りの輪の向こう側で話している。友達とずっと会えなくて、半年とか一年ぶりなのか、楽しそうにキャーキャー言って話しこんでいた。

踊りに熱が入ってきて、どんどん後ろから押されてくる。ばあちゃんは五、六人先へ行ってしまった。みんな踊るのに夢中で、輪の形がくずれてきた。そのとき、どんと勢いよく後ろから押されて、前の子の肩先へぶつかった。

「ごめんなさい」

聞こえなかったかもしれない。直が顔をあげたとき、向こうの輪の中に和っぺに似た子が踊っていた。まさか!! ウソでしょ。これはウソだよ。ぼう然とした直は、押され押されて、とうとうくずれた輪の外へと、はじき飛ばされていた。そしてそのまま、その子の姿を見失なった。暗闇の中だから、はっきりとはわからない。たぶん幻《まぼろし》だろう。会いたいという気持ちが強いから、和っぺに見えたんだと思う。けど、直は思った。その子を見た瞬間、直の中では本当だった。あれは和っぺそのものだった。


その晩、夢の中で直は、もう一度和っぺと出会った。二人してばあちゃんちの前の道路を自転車で走っている。最初は並んで走っていた。楽しかった。なんだか、先生の話や友達の話をして笑っていた。和っぺがものまねや、おもしろい話をして笑わせるのだ。和っぺは、よくそういうことをして友達を笑わせた。本人はすました顔してタレントのまねなんかをするから、笑いじょうごの直は、我を忘れて大笑いしてしまう。そのときもそうだった。あんまり笑わせるものだから、直は自転車がうまくこげなくなった。どんどんおいていかれる。

「待ってよお、和っぺ」

「直はだめよ。笑ってばかりいて、ほら私先に行くよ。行ってしまうよ」

そう言って、走って行く。

「ごめん。笑ってないから待って。ねえってば……なぜ行っちゃうの?!」

田んぼの間に広がる真っすぐな道を、ひたすら和っぺは自転車をこいでゆく。直も必死なのだが、どうしても追いつけない。太ももが痛くなってきちゃって、のどは乾くしいったいどうしちゃったのか。気持ちばかりがあせって、思うように前へ進まないのだ。結局、一人だけで自転車をこいでいたのだろうか。

夕暮れになった。おいていかれたさびしさと、どうしても和っぺに追いつけないじれったさとで、直は自転車をなげだした。そのまま道端へ寝ころんでしまった。静かな夕闇が、直の体中におりてきた。涙が流れてきた。さっきはあんなに笑っていたのに、なぜか涙が流れてきたのだ。

そのとき、声がした。

「直、泣かないでね。ごめんね直。一人で走りすぎちゃったよ、私」

和っぺの声だった。

直は、目を開けたくても開けられずにいた。呼びたくても呼べずにいた。ただ、大の字にころがったまま心の中でじっと聞いた。

「忘れないでね、ずっと私のこと」

「忘れないよ」

心の中で直は叫んだ。

「ありがとう。でも、ちょっと悲しいのはね、私はいつも直のそばにいるのに、直から私は見えないの。直は気づかないんだもの。ホラここだよっ、って呼んでも……」

「ごめん、ごめんね」

と二度も言って、その声でわあっと目がさめたのだ。はっきりと、すべてが夢だったのだとわかったのだ。枕が涙でぬれていた。本当に泣いていたのだった。隣で、ばあちゃんがすうすうと寝息をたてていた。

直は手を合わせた。和っぺは、明日送り火に送られて帰る前に、自分を訪ねてくれたのだと思ったから。目に見えなくても、信じられるもの。たとえ形としてこの世に存在しなくとも、生きてる者の魂を守り続けてくれるもの。きっとあるのだ。ばあちゃんが話してくれたあのときの話と同じに。ほのかな闇の中、手を伸ばせば、大好きだった和っぺの明るい瞳がそこにあるような気がした。

亮介叔父さんの秘密

お盆が過ぎて、何日かしたある日のこと。再び亮介叔父さんがやってきた。

お昼前、あの古ぼけたジープが庭先へ入ってきた。その日はなぜか、突然という感じだった。直は宿題の作文を書いている最中だった。ばあちゃんは、いんげん豆のつる取りをしていた。お昼のおかずに天ぷらにして食べようとしていたからだ。

玄関に入ってきた叔父さんに、ばあちゃんがちょっとびっくりして言った。

「なんかあったのかい、急に来て」

「いや、直とまたドライブ行こうと思ってさ。どうだ?!」

直は本当のところ、宿題を仕上げてしまいたかったのだ。でも、その日の叔父さんには気軽に、〝今日はやめとくよ〟とは言えないなにかがあった。

「ウン、いいよ。でもお昼食べて行こうよ」

ばあちゃんがせっかく、天ぷらを揚げてくれるのがわかっていて、二人でさっさとでかけてしまうのって、嫌な気がしたのだ。

「昼メシ食ってたら、遊べないぞ。今すぐ行こう」

叔父さんにしてはずいぶん強引だった。

「ウーン、でも……」

直が渋々としていたら、ばあちゃんに言われた。

「天ぷらは夕飯にするから、心配せんと行っといで」

そして、そのあとこうも言われた。

「直、子どもはそんな気をつかわんでいいんだよ。ほれ、早よう仕度して」


車が走り出しても、叔父さんはずっと黙っていた。怒っているような、怖《こわ》い顔をしていたから、直もおし黙っているしかなかった。どこへ行くのだろうか。そうしたら叔父さんが言った。

「この間行ったろう？　白馬の三枝美術館、そこへ行こうか」

そう言ったきり、二人は再び黙ってしまった。

青々とした田んぼが続き、道の端には向日葵や、早咲きの秋桜が美しかった。

しばらく走ってから、叔父さんはつぶやくようにこう言った。

「今日、叔父さんの秘密を教える。直に会わせたい人がいるんだよ」

「会わせたい人？」

「そうだよ。この間、言っただろう。今度会うときは、秘密をばらすって」

「……」

「二人いるんだ。美術館の前で待ってる」

その日は、やっぱり最初からおかしかったのだ。直の心の中には、不安とは少し違う形のないゆううつが広がっていた。誰なのだろうか、二人いるって。考えてみてもわかるわけはなかった。直は別に知りたくないよ。叔父さんの重大な秘密なんて。

美術館のあたりは、だいたい覚えていた。古めかしい入口のところには、赤やピンクや白の秋桜がはらはらと風にさわいでいた。行きかう人たちは、みんな平和な顔つきで、この間と同じ風景だった。

たぶん直は、もっと大人になってもあのときの光景を忘れないと思う。もつれあいながら揺れる秋桜の向こう側に、二人はじっと立っていた。親子に見える女の人と男の子が、ひっそりと直たちを待っていたのだ。その姿は、透明な光のセロハンにくるまれたように、キラキラとしてとても美しかった。直はそれを見た瞬間、叔父さんの好きな人かもしれないと思った。女の人は、母さんより若そうだし、水色のワンピースが、ほっそりした姿によく似合っていて、きれいな人だなあと直は思った。男の子は小学校低学年だろうか。ほっぺが赤くて太い眉にくっきりとした二重まぶた。二人はまぶしそうに直を見た。

好きな人、そうか。碌山美術館の木陰で、物想いにふけっていた叔父さんの横顔がふいに直の頭をよぎった。

「人間はね、思ってもどうしようもないこともあるんだよ」

叔父さんは、あのとき直にそう語りかけた。直の頭の中では、好きな人同士はすぐ結婚できると、ごく単純に考えていたから、叔父さんのその言葉で立ち止まってしまった。どこまでも明るい野原の他に、光のささない暗く沈んだ木立《こだち》の小道があるように、人の心にも、光のあたる部分と影の部分があるんだってこと、叔父さんに教えられたから。


「直、おいで」

叔父さんが二人を紹介した。

「こんにちは。田沢可南子《たざわかなこ》です」

「ぼく田沢純《じゅん》」

「三枝直です」

真近で見ると、男の子は女の人にそっくりだった。やはり親子だったのだ。

「純は何年生だったっけ?」

「僕は二年だよ」

「そうか。じゃあ、直はずっと先輩になるな」

叔父さんはそう言いながら、その子の頭をグリグリッとなでた。いつも直にしてくれるみたいに。それを見たとき直は、今まで胸にあったゆううつが、一気にふくれあがっていく気がした。頭の中が、カッと熱くなって、叔父さんの笑顔がとても嫌いになった。叔父さんが、叔父さんでなくなる気がしたのだ。二人はまるで親子みたいに自然に見えたから、やきもち焼いたのかもしれなかった。どんな顔をしていいものかわからなかった。会えたことが嬉しいなんて、そのときは到底思えなかったからだ。

美術館の周りには、お土産屋さんやレストランが数多くある。その中の一軒に四人で入った。お昼はとっくに過ぎていたから、みんなで食事をしても不思議ではない。

歩きながら、直はある一つのことに気がついた。女の人は、片足が不自由だったのだ。確か右足だった。男の子は、女の人の右側にいて、体をささえながら杖のかわりをしていた。

レストランの椅子に腰かけたとき、直はもう一つのことに気がついた。前髪では隠しきれない額の傷。女の人はふんわりと髪をおろしていたけど、赤いミミズのような傷は痛々しくて目をそらしてしまった。直は自分が知らぬ間に、シラッとした冷たい目で二人を見ているのではないかと不安になった。好奇の目で、人を見てはいけないと母さんに言われていたのだ。もしこの場に、母さんがいたならどうだったのか。直はこっそり腕の内側をつねられてはいなかったか。そんな直の心配をよそに、女の人はいつも微笑んでいた。そして、直を見てこう言った。

「思ったとおりでした。直さんって、亮介さんから聞いていたとおりの……」

叔父さんはいったい、直のことをなんて話していたのだろうか。

せっかくのスパゲティーの味もよくわからなかった。こちこちの気持ちのまま、直はぼんやりとひとりを感じていた。叔父さんは楽しそうだった。いや三人とも笑顔がたえない。叔父さんは、二人を〝可南さん〟〝純〟と呼び、女の人は〝亮介さん〟と呼びかえす。直の知らない叔父さんがいて、それは直が知りたくない叔父さんの姿だったのかもしれない。自分はなぜ、ここにいるのか。なぜだかわからないけれど、むしょうにばあちゃんに会いたかった。ばあちゃんのとこへ帰りたかった。叔父さんの秘密なんて直が知るには重たすぎて、なにも知らないでいるばあちゃんを、こっそりと裏切っているような気がした。

だから別れぎわに、男の子が大きな瞳をくるくるさせて、

「お姉ちゃん、今度また遊んでね」

と言ったときも、あやふやな笑顔しかかえせなかった。冷たい目をしていたかもしれない。それなのに女の人は、

「直さんに会えて今日は本当に嬉しかった」

と言ったのだ。直は、さらにぼおっとしてしまって黙りこくってしまった。

二人はその日、白馬のホテルに一泊して明日帰ると言う。叔父さんと直は、二人を残して松川村へと向かった。しばらくして振り向くと、男の子がいつまでも手を振っていた。直は突然、胸の奥から熱いものがこみあげてきた。そのかたまりは、ふいに涙をあふれさせるほどの勢いで、直ののど元を押しあげた。叔父さんが直を見ていた。

「少しばかり、あそこの木立で休んでいくか。どうだ、直」

叔父さんは、わき道を入り小さな社《やしろ》の前で車を止めた。蝉の声がシャワーのように降り注《そそ》いでいる。まだ日は高くて、木立の陰に腰をおろすと、汗ばんだ頬や首筋に風が心地良かった。そこは本当に小さなお社で、古びたさい銭箱も朽《く》ちかけていたが、心がすっと静まっていく場所だった。直と叔父さんのほかには誰もいない。途中で買った缶ジュースを手渡しながら、叔父さんが話しはじめた。

「直、今日は驚かせて悪かった」

叔父さんは、少し暗い顔で言った。

「……」

「驚くのは無理ない。なんにも言ってなかったし」

「話すよりも、先に会っちゃった方がいいと思ったから？」

「まあ、それもあるけどね」

「直はね、まだ小学生だから難しいことはわからないよ。ただ……」

「ただ？」

「……叔父さんはあの人と結婚するの？」

「できればね」

「かわいそうだったから？」

「直、かわいそうだけじゃね、結婚はできないよ」

「だって可南さんって人、足悪かったし、おでこにも傷があった」

「交通事故にあったんだよ。四年前の夏休みに家族で伊豆へドライブに行ったとき、スピードオーバーの車がつっこんで来たそうだ。その事故で御主人は亡くなり、可南さんは重傷をおった。幸い純は軽く済んだらしいが」

「そうだったの。じゃあ、今は二人暮し？」

「いや、東京に住んでたんだけど、去年山梨の実家にもどったんだ。山梨の勝沼ってぶどうで有名なとこ。可南さん、足が不自由だからやっぱり一人で働くのも大変だからな。実家へもどったんだよ」

聞けば聞くほど、直は自分がとてもひねくれたいやな奴に思えてきた。直にはちゃんと父さんがいる。小さいときから今までずっと。だけど、あの子にはもう父さんはいない。クリスマスもお正月も、それに夏休みのおでかけにも父さんはいないのだ。自分がいくら望んでも、父さんの大きな腕にぶらさがって甘えることも、わがままを言うことも絶対できないのだ。それを思ったら、直の胸の奥がゴトンと大きく揺らいだ。

「大変だったんだね。あの子も」

「ああ、純か。そうだな。父さん子だったらしいから。ケガは軽かったけど、心の方が元にもどるまで時間がかかったらしい」

「叔父さん、ごめん。なんだか直さあ、びっくりしちゃって。あの子にやさしくしてやれなかった」

「ハハッ。いいんだよ。叔父さんが強引に直を連れだしたんだから、いいんだ。それに、はじめて会ってすぐ仲良くして欲しいなんて思ってないさ。会えただけでもよかったんだよ」

「そうかな」

「そうさ。可南さんも言ってただろう。会えて嬉しかったって。直、叔父さんはね、会社のあれこれで悩んでいたとき、あの人に会ったんだ。可南さんはよく行く喫茶店でたまま働いていた。何回か顔あわせてたけど、足が悪くて大変だろうなくらいだった。そのあと偶然、スーパーの入口で会った。買物を終えて帰るとき、ぶつかりそうになったんだ。それがきっかけで、話をするようになった。事故の話や、叔父さんの仕事の話なんかをね。可南さんは、いつもあんな風に笑顔を向けられる人なんだね。なにがあっても、前を向いて生きている人はいいなあと思う。お金持ちだとか、立派な家に住んでるとか、あるいは高価な物を持ってるとか、有名人だとか、みんな飛び越えてさ、ひたむきに生きてる人は素敵だ。どんな苦労もすべて受け入れようとしている姿は、叔父さんを元気づけたし、考えさせられた。その頃叔父さんは、上司に認められてお給料も増えて順調だったはずなのに、働いてることがすごくつらくなったんだ」

「つらかった?!」

「ああ。出世した分、会社の言うとおりに働いて、もっと競争しなくちゃいけなくなった。自分の本当の心は別なとこにあるのかなあって、会社にいても思うことが多かったからね。お金をたくさんもらえても、さみしいってこと。直の修二パパだって同じようなときが、きっとあるはずだよ」

「ふうーん。男の人は大変だね」

「まあな。そんなとき、可南さんの強さとやさしさは、救いの女神ってとこだったのかもしれない。不幸を受け入れても、自分にウソをついてはいけないって言われたとき、ふっと心が軽くなったんだ。ああ、やっぱり会社を辞めるんだって」

「それで叔父さん、松川へ帰って来たの」

「そうだ。すぱっと飛んだんだ。上司からはいろいろ言われたし、弱虫だとも言われた。でも後悔してないよ。今の方がずっと貧乏だけどね」

「やっぱ、可南さんに会ったから?!」

「そうだね。彼女と会って本当によかったと思っているよ」

直は叔父さんの話していることが、なんとなくわかる気がした。実際、可南さんに微笑まれると、すうっとやさしくなれる気がする。はじめて会った人なのに、なぜあんなに心が揺らいだのだろうか。その日、直たちをずっと見送っていた姿に、直は思わず涙ぐんでしまったのだから。

ただ、こんな風にこっそりと秘密を持ってしまった事実は直にとっては重たすぎるのだ。いろんな気持ちがこみあげてくる。ばあちゃんが知らないのだと思うと、本当にゆううつになる。だって、ばあちゃんのことが好きだからだ。もちろん叔父さんも好きだし、可南さんや純君もいい人たちなんだろうから、みんなが幸福《しあわせ》になる方法ってないものだろうか。

「叔父さん、ばあちゃんは知らないんだよね。可南さんたちのこと」

「ああ、話してない。でも直が松川へ来るって聞いたとき、叔父さんは決心した。二人のことを話そうって」

「……」

「直を想うと純の顔が浮かんでくる。純といると直を想い出す。だからさ、この機会しかないって思ったんだ。もちろん、ばあちゃんがすんなり〝いいよ〟なんて言うとは、叔父さんだって思ってない。可南さんの両親もなんて思うか。大変だろうけど、叔父さんは決めたんだよ」

人間は一生の間に、いったいどれくらいの人と出会うのだろうか。もし今年、母さんが入院騒ぎを起こさなかったら、直はばあちゃんのところへは、こんなに長く来なかっただろう。そしたら、亮介叔父さんは、重大な決心をしなかったかもしれないし、可南さんや純君とは会うこともなかったわけだ。いや、たとえ母さんの入院があっても、直が父さんと横浜で過ごしていたら、別のなにかがまた持ち上がっていたかもしれないのだ。そう考えてくると、人の運命（母さんがよく言うセリフ）って、ちょっとしたところで変わってゆくんだと思う。出会ったり、出会わなかったり、あるいは別れたり、その不思議なつながりやできごとは、いったい誰が決めるのだろうか。やっぱり神様が決めるのだろうか。生まれたときから、もう決まってることがこの世にはあるのだろうか。

「直は、今日、二人に会えてよかったと思ってる？」

「……」

「まだ小学生じゃあ、わからないよなあ。直の本当の気持ちでいいんだよ」

「うまく言えない。ぼおーっとしてたから。でも、一つ残念なのは、自分より年下の子にやさしくしてやれなかったこと。ちーママに、いつも言われてんだ。お年寄りと年下の子には、やさしくしなさいって。今日はすごい減点だよね」

「減点はよかったな。気にするな。直のそのまんまが伝わったさ」

「そうかな」

「そういうもんだ。直が素直でまっすぐだから、叔父さんは会わせようと思ったんだよ。それはわかるだろう。そのままでいいんだ」

直はハッとした。これと同じ言葉をこの間、ばあちゃんから言われた。〝そのままでいいんだよ〟って、泣きじゃくる直の頭をなでながら、ばあちゃんもそう言ってくれたのだ。

「叔父さん、この間、碌山美術館で話してくれたよね。荻原碌山って人のこと。人の気持ちって、誰かがどうこう言ったから変えられるものじゃないって。自分の心にウソはつけないって言ったよね」

「ああ、言った」

「直もこれから大きくなって、好きな人ができたら、やっぱ自分にウソはつきたくないもん。小学生の直でもそのくらいはわかる」

「そうか。まあかっこつけて言えば、大切にしてやりたいんだ。可南さんと純のこと」

「じゃあ、そのまんまをばあちゃんに伝えればいいよ。叔父さんだって、それっきゃないと思ってるんでしょ」

「まあ、そうだ。直に言われてしまうなんて、こまったものだな、叔父さんも。ただ、確認したかったんだよ」

「確認？」

「そうさ。自分の気持ちをね。これでいいのかってさ、確かめたかったわけさ」

亮介叔父さんは、きっと怖かったんだと思う。その怖いものの正体が、直にはなんなのかわからないけど、少し弱気になっていたのかもしれない。誰だって、他の誰かをいちばんに大切にしたくなったとき、叔父さんが言うように確認が必要なのだ。それは、電車の車掌さんがやっている、指差し確認ってやつに似ているのかな。大切に守ります、お願いしますよっていうふうな。ああいうこと、、、がきっと必要なんだと思う。だって、みんな生きてるからね。

いざこざのあと

ポンコツジープで夕風に吹かれながら二人が家にもどると、ばあちゃんが玄関口に出て来た。ずっと待っていたのだと思った。

「待ってたよ、直。お腹減ったろう。さあさ、ご飯にしよう」

茶の間のテーブルには、夕飯の支度が整えられていた。天ぷらと茄子の味噌いため、冷蔵庫から冷奴と冷しトマト、それに直の好物の鮪《まぐろ》の刺身が運ばれてきた。

「わあ、今夜は御馳走《ごちそう》だね」

「刺身のいいのが入ったって聞いたから、農協まで買いに行ったんだよ」

「ええ?! ばあちゃん、まさか歩いて?」

「いいや、山口のおっちゃんとこでも行くって言うから乗っかってったわけよ。どうだ、直は鮪の刺身は好物じゃろ」

「大好きだよ。ありがと、ばあちゃん」

亮介叔父さんも、ビールを運びながら言った。

「こりゃあ、今夜のビールは格別だな」

ばあちゃんはきっと、突然叔父さんが来たから気をつかったんだね。夕飯が三人でおいしく頂けるように奮発したんだ。直はご飯をよそって渡してくれたばあちゃんを、しみじみと見つめた。やさしいんだなあと思った。いつもおいしい食事なのだが、その日は刺身のせいかさらにおいしく頂いた。だが食事のあと、例の話があるのだろう。今日こそ話すと言っていた叔父さんを、横目で盗み見た。あれほど重大な話、今日なんか言って欲しくなかった。だって、せっかくおいしい夕食のほんわかとした余韻が、かき消されてしまいそうで嫌だったのだ。

争いごとは嫌いだった。口喧嘩《げんか》や悪口も嫌いだった。たまに父さんとちーママが、口争いしているときも、ひどく悲しくてやりきれない。父さんはああ見えても、案外勝気で自分の思いどおりにしたい人。ちーママも、泣き虫のくせに負けないときてるから、〃ああ、まずい〟と思っていると、やっぱり険悪なムードになってきちゃって……。ちーママが泣き出し、父さんの目はひきつってきて嫌な感じなのだ。重たい空気が部屋中におりてきて、胃の奥がキリキリする。みんなが笑ったり、冗談言ったり、でれっとしてリラックスしている方がずっと好きだ。

その日に限って、ばあちゃんは一日の行動をあれこれと聞いてこなかった。テレビのお笑い番組を観ていたから、笑っている方が多かった。

「ああ、うまかった。ごちそうさん」

叔父さんがそう言った。

直が食事の後片付けを手伝って、やれやれ終ったよと、ばあちゃんが茶の間へもどって来た。叔父さんと直は目があって、ああとうとうかと思った。

「あのさ、ちょっと話があるんだ」

「話って。なんだよ、急に改まって。嫁っこでもみつかったか?」

直はドキンとした。知っていたのだろうか。黙っていても、ばあちゃんはみんなお見とおしだったりして。なぜかどちらの顔も、まともに見れずにテレビをじっと観ていた。話だけはダンボの耳をしてしっかりと聞いていた。

「まあ、そんなとこだ」

叔父さんがさらりと言ったので、ばあちゃんは黙ってしまった。

「今日さ、その嫁さんにもらいたい人を、直に会わせたんだ。山梨の勝沼出身で、年は三十五。小学校二年の男の子がいる。この話が、うまくまとまれば彼女、再婚なんだよ」

「再婚?!」

ますますばあちゃんは、驚いてしまったのだ。だって、そりゃあそうだよ。叔父さんの話し方は、ぶっきらぼうで、もっと順序良く説明していけばいいのに、と直は思った。照れ屋で、面と向かうと親子って案外あんな感じになってしまうのだろうか。特に息子と母親は。だけど、それにしたってばあちゃんとしてみたら、かなりのショックだったと思う。当然だ。

「そう。彼女、御主人を交通事故で亡くしているんだ。伊豆へ家族旅行にでかけたとき、車にぶつけられたんだよ。そのときの後遺症で、右足はいまだに不自由だし、額も切って十針も縫ってる。まあ、とにかく大変だったんだ」

「事故じゃあな、そりゃあえらいことだったろうよ。でもなんでまた、その人なんだ。どこで知り合ったんじゃよ」

「東京にいた頃さ。その頃彼女は、不自由ながらも知りあいの店で働いていたんだよ。その店が、たまたま会社の近くにあってさ、昼メシ食いに寄ったりしてたからね。きっかけはそんなとこさ」

ばあちゃんは、そこまで聞くと、長い溜息《ためいき》をついた。人間、溜息をつくときって楽しいときじゃないのを直も知ってる。だいたいが納得いかないときとか、悲しいとき。それかなあんだ、そうなのかっていうなげやりな気持ちのときだ。

「じゃあ、ずっとつきあってたんじゃな。全然知らんかった」

「だから、今話してるだろう」

「亮介、その人が体が不自由なのは事故だから仕方ないわな。気の毒だと思う。でも、血のつながらん子どもの父親になるって、大変なことだわな。好きなだけじゃどうにもならん。もっと難しいもんがある」

「じゃあ、彼女はいいけど、子どもはダメだって言うのか!! そんなの反対の理由にもならん。親子なんだよ、あの二人は。俺は、あの親子を両方ともしあわせにしてやりたいと思ったから……」

　叔父さんの顔色が変ってきた。

「なんだね、カリカリしちゃって。怒りたいのはこっちだよ。ずっと黙っといて、急に結婚したいからって言われたって、こっちは気持ちの準備もなんもないもんね。ましてや、直になど会わせたりして。小学生の子どもになんで会わせたりするんか。わたしゃあ、ようわからん。直がこまったでしょうが。そんな大事なこと、この子にまで背負わせて。まったく。今日は来たときから、どうも変じゃと思った。妙によそよそしくてさ、ぱあっとでかけてしまったから、いやーな感じしとったのよ」

　確かにでかけるとき、変な感じだった。叔父さんはばあちゃんの言うとおりいつもと違ったし、言ってることはあたってると直は思っていた。そして、最悪の状況になってきてしまった。ばあちゃんも怒りだしてきたからだ。

「もう二人ともやめて、やめてよ」

「結婚するのは俺だよ。自分で選んでこいって言ってながら、言ってることとやってることが違ってんだ。あきれるのは、こっちの方だよ」

「わたしが、そんなにハンパに生きてきたって言うのか。ええ‼　冗談じゃないよ、まったく人を馬鹿にして」

もう完全にばあちゃんは怒ってしまった。だって怒るのは、無理ないと思う。こうなるのはわかっていたんだ。小学生の直にだって、このくらいは察《さっ》しがつく。叔父さんは、てんでわかってないと思う。

「やっぱり話しても、無駄だった。もういい。今夜は帰るわ」

叔父さんは煙草をジーパンのポケットにねじこむと、乱暴にどかっと立ちあがった。玄関を出るとき、ふいにふり向くと、

「直、ごめんな」

と言って軽く手をあげた。それを見たとたん、直の目から涙がこぼれた。あの子の顔、純君の顔が浮かんできたのだ。父さんがいなくても、明るく生きてるあの子の姿が。

「直、泣くでないよ。直が泣くとばあちゃんまでせつなくなるよ」

ばあちゃんはそう言って、ペタリと座りこんだままだった。

誰が悪いの。直がばあちゃんだったら、どうだったのか。まあ、そりゃあよかったねって、すぐ認めてあげただろうか。いや、それは難しい。叔父さんにしたって、ウソをついてたわけではないし、ばあちゃんにしたって驚いたのは本当だから、誰も悪くなんかないのだ。お互いにありのままをぶつけたのだと思う、親子だから。

でも悲しいな。ここ松川へ来て、はじめて痛いほど横浜が恋しいと思った。父さんやちーママの声が聞きたい。みんな、幸福になりたいと思えば思うほど、背中を向けてしまうときもあるのだ。少しの、心のくい違いから、争いの素が生まれることもあるのだと思う。だけど、亮介叔父さんの荒い声、ばあちゃんのつりあがった目、それら、全部もう見たくないし聞きたくないと思った。そして直自身、ばあちゃんに内緒であの二人に会ったのは間違いだったと思えてくるのだ。そう昔、薬を飲んで、その苦さがいつまでも舌の奥にあるあの感覚に似ていた。飲みこんでも飲みこんでも、容易に消えない嫌な苦さに似ていた。

そんな騒動のあと、直は先に床についた。ふいに目が覚めて、トイレに起きたときはっとした。ばあちゃんが隣にいない。仏壇のある部屋にあかりがついていた。そっとのぞいてみると、ばあちゃんが仏壇の前に座っていた。写真の中のおじいちゃんに話しかけていた。

「おじいちゃんはいいねえ。そうやって楽に笑っていて。私は今日は本当に、疲れてしもうて。愚痴《ぐち》ってもいいかな。亮介がさ、嫁さんにもらいたい人がいるって言うのさ。ようやくその気になったかと思って、嬉しくて。そりゃあ嬉しくてさ、だのに子どももいて、足も不自由だなんて聞いたら、とたんにカアーッとしちゃってね。なんてことだろうか。もう少し、じっくりと聞いてやればよかった。ああ……嫌になってしまったよ。亮介が選んだ人だものさ。悪いわけないのにねえ。その人だって、若いのに苦労して今まできただろうに、あんな言い方しかできない自分がなさけなくってさ。おじいちゃん死んでからずっとがんばってきたけど、なんだかわたしは意地の悪いばあさんになった気がして、なさけない。本当になさけないよおー」

ばあちゃんは、手を合わせながら少し泣いた。直はそのまま床にはいった。心は不思議ともう乱れていなかった。ばあちゃんの亮介叔父さんを思う気持ちが、ささくれだっていた心をまあるく包んだのだ。おそらくばあちゃんは、可南さんと純君に会うだろう。自分から〝今度連れておいで〟と言うだろう。結局、どんなことがあっても母親は子どもの幸福のためなら全部を受け入れる……父親も同じだろうけど。

ちーママはよくふっと真面目になって、このような話をする。

「結局さあ……」

って調子ではじまるから、それを直は思い出したのだ。そしてちーママいわく、どちらのばあちゃんもどんなことも、いいことも悪いことも全部受け入れる。そのための大きな袋を持ってるみたいに……。だから〝おふくろ〟って母親を呼ぶんだって言ってた。大きな袋、その中にぽんと飛びこんだら、気持ち良くってうたたねしてしまいそうだ。安心した。ばあちゃんのことだから、明日の朝は野菜もぎしながら、

「直、どうだ？　よく眠れたか」

ってニコニコして言うだろう。一晩眠ったら、いろんなこと忘れてしまうって言ってたからだ。直の胸の奥につまっていた苦いお薬が、みるみるまにとけだして直は深い眠りの底へと沈んでいった。

森の神様

叔父さんとの騒動があって二、三日してからのこと。直は、朝からアルプスの山々のスケッチを仕上げていた。その日も相変わらず暑くて少しダラケていた。だが八月も末、朝晩涼風がたつ。過ごしやすくなってきた。横浜に比べると、やはりこちらの松川の方が秋の訪れも早いのかもしれない。お昼のソーメンを食べながら、ばあちゃんが言った。

「直、夕飯の前に少し花つみに行こうか」

「お花って、前に行ったあの広い畑のとこ」

「そうそ。そこより少し先にばあちゃんの気に入った場所があるんだよ」

「へえ、秘密の場所ってわけ？」

「まあな。直もあと三日したら帰るだろう。その前に、直といっしょに行っておきたいか

るから」

「わかった。じゃあ、このスケッチを早いとこ完成させる。まあ宿題はほとんど終わって
らな」

「よく勉強したからねえ。ばあちゃんは感心したさ」

「だって、やるしかないさ。自分のことだからね」

「ははっ。なんの心配もなしじゃな。中学生になっても、まったく心配いらん」

その日も、二人で過ごす穏やかな時間が流れていった。

前日、ちーママが退院したって電話があったから、直はいよいよ帰る日が近づいてきたんだと実感した。わが家は横浜なんだから、懐かしくて嬉しいのは当然だろう。だけど、ちょっと違う。ばあちゃんが、また一人になるんだと思うと、立ち止まってしまう。仲良しの友達ともう少しいたいなと、思うときのように。今まで別々に暮らしてきたのを思えば、一人になるのはあたりまえなのに、なぜか気が重い。三週間もいっしょにいると、ばあちゃんは直にとって本当に大切な人になった。もちろん退屈な日や、友達に会いたいときもあったけれど、ばあちゃんが教えてくれたことは、そりゃあ数えきれないほどあるか

らだ。直の担任の栄子先生より、数倍もばあちゃん先生の方がすごいと思う。なぜって、じっと信じて見守ってくれるからだ(栄子先生の口癖〝なんでいつもこうなの!!〟結果ばかりで判断するから、直は苦手だ)。

そんなわけで、その日の夕飯前にばあちゃんと花つみに行った。花つみに行くのはその日で三回目だった。家から歩いて三十分足らずのところ。田んぼの畦道《あぜみち》をずっと行くと、小さな森が見えてくる。その森の手前に、ばあちゃんの畑がある。花ばかり咲いてる畑。百日草、向日葵、ダリアにカンナ、金魚草、畑のまわりには秋桜も揺れている。そこだけが色鮮やかな、お花畑なのだ。青々と続く緑の田んぼがとぎれると、パアーッと赤や黄色やピンクの花の群れが視界に飛びこんでくる。夕風の吹く中ばあちゃんと歩いた。以前は、ここも田んぼだったそうだ。おじいちゃんが死んでからは、お花畑にしたんだそうだ。なぜかって、おじいちゃんのお墓のすぐそばだったから。死んだおじいちゃんがさびしがらないように、お墓の真正面のその場所を季節のお花でいっぱいにしてあげたそうだ。

「先にあの世に逝った人は、さびしがるものじゃからな」

おじいちゃんの好きだった花を植えてあげたらいいだろうと思ったという、ばあちゃんのやさしさからだった。

「花つみはあとにして、こっちへおいで」

ばあちゃんが、森の中へと入って行く。直はあとに従いながら聞いた。

「なにがあるの？」

「ははっ、秘密の場所。どうってとこでもないわさ」

そう言いながら、大きな木の切り株にどかっと腰をおろした。平らになっていて二人で座れるほどの大きさだった。ブナの森だが、遠くでひぐらしが鳴いていた。心に響くやさしい声だ。木立の間からは、夕焼けに染まるアルプスの山々が見える。どっしりと雄雄《おお》しい。

「きれいだ。なんだか落ち着くね」

「まあな。じいちゃんと結婚して、つらいことがある度にここへ来た。嫁いびりじゃないが、ひどくお姑さんにお説教されたとき、泣きながらここまで来てな。この切り株に顔押しつけて泣いた。誰もいない森ん中でさ。でも、森の神様が、そっと見てなさったんだ」

「森の神様?!」

「そうよ。森には神様がいる。森の木たちは、ずっと長いことここで生きとる。何百年も。冬を越して、春には芽をふき、夏には青々と繁り、秋が来れば紅葉して、そのうち散ってゆく。土にもどるんじゃ。その繰り返しの中でずっと生きてきた。人間たちのすること、静かに見ながらな」

「なるほどね。直は今までそんな風に考えたことなかったよ」

「みんなそうじゃよ。人間が一番偉いって、思っとるからね。でも違う。考えてみると、人間がいちばん意気地《いくじ》なしじゃないかな。誰かの力、自然の力借りんと生きてけん。けど、木はまる裸でも、ちゃあんと生きとるからな」

「……」

「人間、みんな弱虫を心ん中に飼っとるからな。ばあちゃんも、そうだ。この切り株で何度も泣いたなあ。数えきれん。そんとき、森の神様がそっと肩をなでてくれた。胸がすうっと落ち着いて、ああ、またがんばれるって思えてくるんじゃ」

「元気をいっぱいくれたとこだね」

「ああそうだ。直、弱虫っちゅう虫は、誰でも飼ってるんだから仕方ないけど、その虫に食われちゃったらいかんよ。食われんように元気をもらえることや、元気になれる場所、自分でみつけとかなきゃあな。ばあちゃんはありがたいことに、ここでみつけられた」

「直は……そうだね、直には絵がある。たいがいのつらいことは、絵を描いてれば忘れられる。自分でもびっくりしちゃうけどね」

「そうか。そりゃあ良かった。ばあちゃんはこれから先、あと何年生きるかわからん」

「やだ。どうしたのよ、急に」

「まあ聞いてごらんよ、直。年寄りはみんな、あの世について考えるもんだ。だって若い人よりはずっと、あの世に近いんだもの。それに不思議とあの世に行くのがだんだん怖くなるのさ。なぜだかね。それに今年は、直とこんなに長くいっしょにいられただろう。ばあちゃんは嬉しかった。幸せだったさ。人間、わがままだからね。なかなか幸せを感じられないでいる。でも本当に心から幸せだった。その気持ちを、この場所で直に伝えたかったわけさ。森の神様が聞いとってくれるからな……」

直はじーんときちゃって、おし黙ってしまった。テレビで感動の場面を、じっくり観たときみたいに。その感情は心地良く、波のように直の全身をひたしていった。はるかに広がるアルプスの山々が、美しい瑠璃《るり》色に変わってゆく。

「さあて、それじゃまた、元気でたから花つんで帰るか」

そう言って、ばあちゃんはすくっと立ち上がった。なぜか直も、同じように元気をもらえた気がした。その元気は横浜へもどり、いつもの生活が始まっても生き続けてくれるものだ。そしてそれは、心の底にゆううつがまあるく陣取って、直の心がヘナヘナとへたばったとき、よいしょと背を押してくれるもの。

「森の神様、ありがとう」

直は小声でそうつぶやいた。

二人して、かかえきれないほどの花つみをした。少しおじいちゃんのお墓にも供えてあげた。

「山口のおっちゃんとこにもあげればいいさ。いつもお世話様だからな」

帰りながらばあちゃんが言った。そして、ばあちゃんは少しおどけてこうも言った。

「ねえ直、さっきさあ、あの世へ行っても怖くないなんて言っちゃったけど、やっぱり取り消すよ。直が成人式するまでは、元気でいたいからな。さっきじいちゃんには、当分そっちへは行けんと言うてきた。我慢して、一人で待っててと言うてきたよ」

帰っておいで

いよいよ、直が帰る日がやって来た。八月の三日から来て、二十八日に帰る。なごりおしかった。考えてみると、夏休みのほとんどをこちらで過ごしたこととなる。

すっかり元気になったちーママいわく、

「中学生になれば部活動が始まるし、まあ、こんな長い休暇は今年きりかも」

そうか、来年は中学生。こんなふうにのんきにぽよんとしてはいられないだろうな。

例のごとく、父さんが車で迎えに来てくれた。本当は直ひとりで電車で帰ってもよかったのだが、荷物もあるのでやはり車にしてもらった。ごくろうなことに父さんは、夏休み中この松川へ二度も来たのだった。

前の日の晩、亮介叔父さんも来て四人でワイワイと夕飯を食べた。直が帰るので、叔父さんも仕事の都合をつけてくれたのだ。それに、父さんと会うのは本当に久しぶりだったそうで、二人でお酒を飲みたかったのだと思う。例の結婚の話は、なんとなくそのままになっていた。でも、ばあちゃんと叔父さんは普通の感じになっていたし、直はあまり心配していない。それに、今度はばあちゃんたちが横浜へ来れば、って話も出ていた。もちろん大歓迎だけど、狭くてびっくりかもしれない。

「直、お前、今度は電車で来てみろ。電車の旅もいいもんだぞ。待ってるからな」

と酔っぱらいの叔父さんは言った。

「直もそのつもり。そんときはまたお世話になります。叔父さん、穂高の『平吉』のうどん、また食べに連れてってね。お願いします」

直はそう頼んでみたが、叔父さんは赤鬼みたいになっちゃって、あげくのはてには、ぐぅーすか寝てしまった。やれやれ、あまりあてにしないでおこう。

さて出発の朝、じいちゃんたちに線香あげて、いつもより長めにお願いをした。

——じいちゃん、おはよう。直は今日で帰るけど、これからもみんなを守ってね。ばあちゃんのこともお願いだよ——

心の中でしっかりと祈った。おじいちゃんは相変らず仏壇の中で、静かに笑っている。

〝直、またおいで。待ってるよ〟そう言っているように。

ばあちゃんと、父さんと三人揃って、朝ご飯を食べた。なんだかずっと昔からこんなふうにしてきたのかな、と錯覚するくらいに、とても自然な匂いのする時間が流れていた。ばあちゃんの漬けた茄子の糠漬けは、目にしみるほどきれいな青紫色。少しだけすっぱいんだ。今度はいつ食べられるのだろうか。

高速道路を使っても、だいぶ時間がかかるので十時に出発することにした。荷物をまとめて積みこむ。ばあちゃんが、野菜やら、お焼きやらお土産に持っていけと、父さんに渡している。

「直、直。行くぞ」

父さんの呼んでる声だ。

「直、早くしてやれよ。父さん待ってるからな」

ばあちゃんも玄関口で呼んでいる。

直は床の間の部屋にいた。夏休み中、松川へ来て心から本当によかったと思っている。この間、ばあちゃんが花つみのとき、しあわせだったって言ってくれたけど、直も同じさ。

「はあーい。今行くよ」

直はそう返事して、床の間のテーブルの上に、アルプスの絵と手紙と前に碌山美術館でばあちゃんのためみつけて買ったそれを置いた。

別れのシーンは嫌いだった。テレビを観てても、ちーママは必ず泣くし、直も涙をこらえるのがやっとだから好きではない。

「さあて、行くか」

父さんが直の顔を見た。

「いろいろと直のこと、ありがとうございました。おかげで智恵も元気になったし、直にとっても貴重な体験ができました。なあ、直。よかったなあ、ばあちゃんのおかげで」

父さんが、直の頭をグリグリッとしながらそう言った。ばあちゃんは笑うような泣くような顔になって言った。

「なに言ってんの、修二さん。いいって。こっちこそ直が来てくれて楽しかった。ありがとう。また元気にやっていけそうだよ。直、ありがと」

ばあちゃんの目には、涙が光っていた。それを見たら、直の目からも涙があふれた。恥ずかしいもなにもなかった。

ここへ来るまでは、ばあちゃんのことなど忘れてた。自分たちをとりまくいろいろなことで忙しく、ずっと忘れていた。でも言ったよね、ばあちゃん。直たちのこと、一日も忘れた日はないって。朝と晩に仏壇に手を合わせて、無事をお願いするんだって。一人きりで暮らしているから、みんなのことばかり思っちゃうんだって。「ありがとう」この言葉を言うのはさ、実は直たちなんだよと思った。

「なんだろうね、この子は。泣いたりして。うんとご飯食べて、太らなきゃあいかんよ。またおいで。何度でも、直の好きなときに〝ただいま〟言って、帰っておいで」

別れの涙は、ふんわりと甘い余韻を残して、直を包みこんだ。車の窓から振り返ったとき、手を振って立ちつくすばあちゃんが、なぜかこわれてしまいそうなほど小さく見えた。

二学期が始まり、再びいつもの生活にもどった。母さんはすっかり元気になって、近くのスーパーの仕事へともどっていた。

九月四日頃だったろうか。学校から帰った直は、ポストに手紙がはいっているのを見つけた。ばあちゃんからだった。

前略

二学期が始まり、直は毎日元気で学校へ通っていますか。夏休み中は、いろいろありがとう。お手伝いもしてくれていたから、直がいなくなってポカンとしてしまった。帰りの日、ちゃんとプレゼントを置いていってくれたね。藍染めのメガネ入れ、本当にありがとう。メガネ入れがだめになりかけてたの、見てわかっていたんだね。ばあちゃんは、手紙を読みながら胸がいっぱいになっちゃって、一人で泣いてしまったよ。本当にありがたかった。三週間、直と過ごした日々はばあちゃんにとって宝だ。どんなことも忘れない。全部覚えているよ。大事な宝だ。また遊びに来てくれるのを待っています。直も体に気をつけて、勉強や運動に励んでください。直が描いてくれたアルプスの絵、茶の間の壁に張りました。ご飯を食べるとき、お茶を飲むとき、じっと眺めています。いい絵だね。大好きな絵も、たくさん描いて、また見せてください。直が一生懸命やってると思うと、ばあちゃんも元気がでてくるよ。

九月十二日は十五夜さんです。ばあちゃんは毎年一人でお月見をします。ススキやお団子、果物などを飾りおじいちゃんの写真も飾って、月を眺めます。今年は、お客さんが来る予定です。亮介と可南子さんたち。ばあちゃんが来るようにと、亮介に話しました。純君も次の日は学校がお休みなので、みんなで泊まっていく予定です。だから、そんなわけで……ばあちゃんの方は心配しないでください。また手紙を書きます。こんなに長い手紙も、初めてなのであまりうまく書けません。きたない字でごめんね。

お父さんとお母さんにもよろしく。

ご飯はたんと食べてな。

草々

直様

信州のばあちゃんより

十五夜の晩、直は二階の窓を開け放った。まんまるのお月様が、白い顔をして直を見下ろしている。思わず溜息がもれた。それはそれは、美しいお月様だったから。最近ゆっくりと、空を見上げたことなどなかった。だから余計に、直の心のどまん中へと染み込んでくる美しさなのだと思う。

「きれいだ」

ばあちゃん見ているだろうか。あの縁側で、亮介叔父さんや可南さん、純君たちと月を見上げているだろうか。その光景は直の頭の中で、テレビのひとこまと同じに映し出される。新しい家族になるために、みんなが向かいあってお互いに確認しあうんだ。

「よかったね、ばあちゃん。直も同じ月を見てるよ。がんばるからさ。なにがあっても、前向いて、がんばるからさ。でも、会いたくなったら、また行っちゃうかもしんないよ。直ひとりで、〝ただいま〟言って帰っていく。きっと帰ってくからさ……」

——完——

あとがき

思いおこせば三年前の夏、夫と二人訪れた白馬・安曇野は、まるで母のふところのような土地でした。神々《こうごう》しいほどの山々、一面に続く青い稲穂の海。心の芯に、そっと触れてくる素朴で美しい風景。なぜか母を思い出させる、心やさしき人々。それはまぎれもなく、私たちが求めてやまない日本の原風景だったのです。

旅行から帰ってまもなく、私は、かりたてられるように、この物語を書き始めました。「直」という少女の再生の物語です。

書き進むうちに、私ははるかな自分探しの旅をしていたのでしょうか。幼いころのレトロな思い出、夫と私と娘のこと、苦労話の多い二人の母のこと。ふと立ち止まり、記憶の中からたぐり寄せれば、それらは限りなく懐かしく、いとおしかった。「直」と向かい合って再生していったのは、この私自身なのかもしれません。

あたりまえの日常を、変わることのない自然たちの営みを、そして人であることを、もう一度見つめ直したい。生きとし生ける者たちすべて、世界中のみなすべて、たった一人の自分の〝いのち〟の輝きを、深く慈《いつく》しんでほしいのです。

夏の訪れとともに、「直」の物語が生まれます。この出版にあたり、お声をかけてくださった文芸社の長谷川様、編集のご指導をしてくださいました我妻様、心から感謝しております。多くの方のご尽力により、ようやくここまでこぎつけましたこと、ありがたく思っております。また、どんなときも応援してくれた夫と娘、弟家族、大好きな親友、本当にありがとう。

最後に、読者のみなさま、どうぞ直の心の、そのまんまを感じてください。ばあちゃんの「ふるさと」に甘えてください。ひとしきり、安曇野の涼やかな風に吹かれながら。そして願わくば、みなさま一人一人の心に、ささやかな幸せの花が開きますように。

平成十五年八月吉日

谷　朋子

著者プロフィール

谷　朋子（たに ともこ）

本名・長谷川巳智子。神奈川県出身。一女の母。
主婦業の合間を縫って、執筆活動を続ける。

帰っておいで

2003年8月15日　初版第1刷発行

著　者　谷　朋子
発行者　瓜谷 綱延
発行所　株式会社文芸社
〒160-0022　東京都新宿区新宿1－10－1
電話　03-5369-3060（編集）
03-5369-2299（販売）

印刷所　株式会社平河工業社

ISBN4-8355-6092-2 C0093